唯美阅读

Weimei
Yuedu

唯美阅读

一路开花
陈晓辉
主编

没有一朵花会
错过春天

煤炭工业出版社
·北京·

图书在版编目（CIP）数据

没有一朵花会错过春天／一路开花，陈晓辉主编.
－－北京：煤炭工业出版社，2018（2023.2 重印）
（唯美阅读）
ISBN 978－7－5020－7012－0

Ⅰ.①没…　Ⅱ.①－…　②陈…　Ⅲ.①故事—作品集—
世界　Ⅳ.①I14

中国版本图书馆 CIP 数据核字（2018）第 248245 号

没有一朵花会错过春天（唯美阅读）

主　　编　一路开花　陈晓辉
责任编辑　马明仁
编　　辑　郭浩亮
封面设计　宋双成

出版发行　煤炭工业出版社（北京市朝阳区芍药居 35 号　100029）
电　　话　010－84657898（总编室）　010－84657880（读者服务部）
网　　址　www.cciph.com.cn
印　　刷　北京飞达印刷有限责任公司
经　　销　全国新华书店

开　　本　710mm×1000mm$^1/_{16}$　印张　14　字数　220 千字
版　　次　2019 年 1 月第 1 版　2023 年 2 月第 2 次印刷
社内编号　9892　　　　　　　　定价　46.00 元

目录
Contents

01
第一辑
Chapter One

第二辑
Chapter Two

第三辑
Chapter Three

04

第四辑

Chapter Four

05

第五辑
Chapter Five

第一辑

Chapter One

Weimei
Yuedu

唯美阅读

能把你的车票给我吗

▶ 文／安宁

今天的积蕴，是为了明天的放飞，还有什么比看着自己的学生飞得更高、更快、更远，更令教师欣慰的呢？

——佚名

　　我考入市一中的那年春天，因为父亲的一场大病，家里陷入极其窘困的境地。为了省下回家的车票，每个周末，我都会赶在同学离开之前，背起书包冲出宿舍，而后跑到几百米外的一家书店里，躲上一个下午；等到墙上挂钟的时针，指向 6 的时候，我才在书店老板的白眼里，悄无声息地放下书，低头走出门去。

　　还是初春，傍晚的风，依然有些凉意，我紧抱着书包，走在骑车匆忙赶回家去的人流里。因为饥饿和寒冷，身体常会微微地颤抖。就像路边花坛里，那些在风里，带着些微微绿意，瑟缩着的小草。偶尔，会遇到几个熟识的面孔，我总是习惯性地将衣领向上拉一拉，又装作怕冷的样子，用双手捂住耳朵，连带地遮住大半个羞红了的脸。那些同学，都是在市里居住的，赶上周末，便随了父母出来逛街。幸好因为衣着素朴黯淡，又总是溜着墙根儿走路，有那么几次，眼看着快要撞上了，却总会因了我的"大众化"，而轻而易举地逃过劫难般的相遇。

但还是有一次，被一个人给撞上了。而这个人，偏偏是我最想在她面前，拼命掩饰窘困的英语老师。老师姓陈，叫樱子，但我们都私下里会叫她樱桃老师，因为她笑起来的时候，总是会让人想起初夏时节，那些刚摘下枝头的酸酸甜甜的樱桃，那样的甜美，又如此的动人。我几乎在她站在讲台上，开口说第一句话的时候，就深深地迷恋上了她。那种迷恋，裹挟着淡淡的芳香，夹杂着浅浅的忧愁，像是最美的季节里，一场沾着露水和青草味的初恋。我愿意为了换取她一缕温柔的微笑，而将自己妆扮成那个她最喜欢的公主，或者天使。我记得自己会在上英语课之前，在一旁灰蒙蒙的玻璃上，看一下自己的头发，是否尴尬地翘起一绺儿；或者脸上的某一处，有没有不经意间画上去的墨痕；而为了能在课上，回答对她提出的每一个问题，我会在她还没有开始新课之前，便能将课文倒背如流。

是的，我是那样地依恋樱子老师，以至于我不能容忍自己在她的面前，有丝毫的差错和瑕疵。可是这样拼命地躲闪，偏偏还是露出了鲜亮衣服下，那片起了毛球的尴尬晦暗的衬里。

我记得自己刚刚翻开一本书，老板便直直地走过来，冲我嚷：以后看书，能不能别站得太久？你不累，我看着还累呢。我的脸腾地红了，急忙地将书合上，打算到旁边的店铺里胡乱去逛。刚刚走过拐角，便看到樱子老师抱了好几本书朝柜台走过去。看到我，她有些诧异，但随即便恢复了昔日的笑容，柔声道：安，也来买书吗？我视线慌乱地摇头，又点头，却又最终，在书店老板的不屑一瞥里，摇了摇头。樱子老师在我的紧张里，

3

像是想起了什么，突然问我，安，你们女孩子现在最喜欢谁的书，我迷惑地抬头看着她，又飞快地指指旁边书架上顾城的一本诗集，便打算结束这场众目睽睽之下的对话。不曾想樱子老师很快地将书抽出，走到柜台前结了账，而后双手捧着递给我，说："咦，送给连续两次英语考试都得了第一名的安，这是提前发给你的奖品，不许拒绝哦。"

这巨大的惊喜，犹如温暖的热流，将先前要极力掩饰住的尴尬和难堪，瞬间融化掉。不记得是怎样走出的书店，但却记得那一路上，我将书抱在怀里，飞快走回宿舍，便沉浸在无边的幸福和喜悦中。

樱子老师似乎很快地便将送我书的事情忘掉了。直到又一个周末来临的时候，她突然神秘地将我叫到走廊，问我有没有用完的车票。看我一脸的迷惑，她便解释说，他们老师刚刚新添了一项新的福利，可以报销每年来往的车票，或者其他一些花费，只要有单据和票据在就好。可惜她是个粗心的人，所有的票都是用过即丢，所以问我能否将以后用完的票，都收集好给她？作为对我的答谢，她会将报销费用的百分之八十，都返还给我，剩下的，就留着给那些进步的学生买奖品。

此后的每个周末，我都会将来回的车票细心地保存好，等着樱子老师来上课的时候，夹在作业本里送给她。这是我们两个人的秘密，当我将作业本递到她的手中的时候，我总是会在她感激的笑容里，快乐上许久。那种隐秘的欣喜，就像我坐在离家越来越近的车上，即将见到父母时的兴奋；或者像在拥挤嘈杂的旅途上，因为顾城的诗，而心内清澄静谧。还有什么事情，能够比使樱子老师开心，更让我这株卑微矮小的草，觉得骄傲的呢？而给予樱子老师帮助的同时，我也可以在周末的时候，与别人一样，踏上回家的旅程，该是命运对我慷慨的回馈吧。

这个秘密，一直持续到我高考结束，去领大学录取通知书的那天。我依然清晰地记得，我将来时的车票，平整地放在一本书里，而后拿着鲜红的通知书，去向樱子老师告别。推开办公室门，却看到她的桌子上已是一片空荡。我惆怅地站在那里，等了许久她都没有来。最终，是一个老师告诉我，樱子老师已经随着她的男友，调到邻市的一个中学里去了。我握着那张车票，伤感地又站了片刻，终于还是在旁边老师的注视下打算离开。但到门口的时候，我又鼓足了勇气，走到一个男老师旁边，说，麻烦您能否将这张车票转交给樱子老师，这是最后一张我为她积攒的用来报销的车票？男老师疑惑地看我一眼，问道，报销车票？我在这里待了这么多年，怎么都不知道老师们还有这么好的福利？

原来那一片秘密绽放的花儿，之所以如此清香持久，是因为，它们与我一样，活在樱子老师了无痕迹却又那样温暖柔软的爱里。

青春的出走仓促落幕

▶ 文 / 吉安

> 少年易学老难成，一寸光阴不可轻。
>
> ——朱熹

　　我在 18 岁那年，高考成绩很不理想，在父母失望的巴掌没落下来之前，我终于下定决心，离开这个物欲的城市。

　　我很快地找了借口，从宠我的爷爷奶奶那骗到了一千元钱，而后收拾好行李，在父母皆出去上班的空当里，踩着滚烫的水泥路，老鼠一样溜出了小区，又在提前侦察好的市郊马路边上，拦住了一辆开往省城的巴士。这是一列严重超载的汽车，我吊在半空手环上的身体，几乎是悬空般被一个个湿漉漉黏糊糊的身体，毫无尊严地碰来撞去。其中的一个中年男人大约是太热，敞开了胸襟，用衣服不停地擦着汗，有那么几滴，还毫不客气地迸溅到了我的脸上。

　　这是第一次，近观一个汗流浃背的男人的脊背。之前，待在有空调的房子里，出入又都有父亲的丰田接送，我从来不知道，原来汗水也是可以如溪流一样，在人的身上冲刷出一道道清晰的沟渠来的；只不过这样的沟渠，既不赏心，亦不悦目，甚至每次看到，视线都会被火烧了似的迅疾地跳开去。

我尽力地将身体朝后仰过去，突然，汽车一个急减速，我像块粘性上佳的口香糖啪地一下粘在这个男人的身上。重新站稳的时候，我的脸上、阿迪的 T 恤上，全是腥味十足的汗液，当然这不是我的，而是从对面男人身上揩下来的。那一刻的我像猴子一样，气急败坏地朝这个对着我的窘相哈哈大笑的男人吼道：你以为自己身上的汗，是香水做成的么？！男人在周围人的视线里终于忍住了笑，将胖乎乎的脑袋凑过来，嬉笑道：第一次挤车不习惯吧，没事，省城人更多，你会慢慢适应的。

若是在从前，有父母的光环护佑着，我定会将这个不顺眼的男人吼骂上几句，但在这样憋闷逼仄、施不开拳脚的汽车里，我只能恶狠狠地瞪他两眼，而后将视线转到窗外去。鼻孔既然已经被一股臭袜子的味道给堵塞了，眼睛还是清洁一点，不要再被面前这个恶俗的男人给挡住了风景。可是他的嘴巴，却在我的耳边炸弹似的喋喋不休地炸响。神情依旧是嬉笑着，又时不时地故意碰我一下，还厚着脸皮朝我赔罪：这次多向你说声对不起，要不待会你又得嫌我聒噪了。

我终于忍不住了，努力地将身体转过去，朝向一个看上去比那男人顺眼多的年轻人。为了显示我的骄傲和对他的鄙夷，我主动地与年轻人搭起讪来。但这人明显有些寡言，说了不过两句彼此就没了话，反倒是身后的男人又凑过脑袋来，笑道：嘿，小家伙，去省城会网友么？我终于在他这句打探隐私的问话里厌烦了，努力地、毅然地，擦着这个男人肉乎乎的身体朝前面挤去。在司机的旁边最终站定的时候，我再一次听见他将我的耳

膜震破似的笑声。

颠簸了将近三个小时才抵达了省城。那个年轻人在车门打开后，啪地撞了我一下，在我还没有反应过来的时候，又是啪地一下，只不过，这次是一路惹我烦厌的男人。刚要与他吵嚷，却猛然发觉书包被打开了一条缝隙。再抬头，最初撞我的年轻人早已不见了踪影，而他却笑嘻嘻地站在炽热的阳光下，抱着臂膀、扇着衬衣等我下车。

知道是他一路的絮叨烦走了我，才没有让那个年轻人偷窃成功，但还是无法对他生出感激。一直以来因为父母的缘故，认识的都是体面时尚的人，像他这样举止粗鄙，明显是打工身份的，还是第一次接触，所以内心难免就生出戒备，怕冷不防就被他给利用了。

但他却像块被嚼烂了的口香糖，结实地粘在我的屁股后面。他显然看出一脸满不在乎的我，其实是第一次到省城来。而之所以一个人，大约是离家出走或者逃学出来的。在车水马龙的路上漫无目的地走了十几分钟，一回头看见他依然不紧不慢地跟着，我终于急了，朝他吼：你究竟想劫财还是劫人？他嘿嘿一笑，弹弹手上的烟灰说道：你这样走上一天，也找不到活儿做，如果你愿意，我可以介绍你去几个地方，当然不是白给你介绍，你需要付我一笔小费。

想要拒绝，但转念一想如果花一点钱真能找到一份如意工作，也不枉与他相遇的缘分；况且，在这个陌生的城市里，我一个人的力量终究是有些单薄，或许钱花光了也无法寻到一份合适的工作。于是表情微微缓和，与他讨价还价，最终敲定如果工作满意我愿意付他 80 元的小费。

他先领我去了一家书店，但不过是几句问话，老板就以我对时下畅销书籍了解不多为由将我拒绝。之后又辗转去了饭店、酒吧、超市、音像店，但皆没有成功。原因：要么说我没有经验、要么嫌我学历太低、要么笑我孤陋寡闻、要么讽我还未断奶。

我终于失去了信心，买了两个面包，坐在吵嚷的超市旁边，无滋无味地吃着。夏日的蝉鸣聒噪地泼洒下来，将我心底的信念，搅得如同奔波中湿透了的名牌 T 恤，皱缩成难堪的一块抹布。

他叹口气说：算我看走了眼，以为你的强硬，是表里如一，看人不仅得瞪大了眼睛，视力还要能穿透皮囊，看到里面的心才行。

我的脸，在这句话后倏地红了。

原本以为自己离开了校园，便能驰骋天下，孰料青春的第一次出走，却因分不清人的好坏，看不到自己不堪一击的内心，而败给一个陌生的路人。

而这样仓促落幕的出逃，终于让狂傲不羁的我，开始懂得如何回头，走上青春的正轨。

忘记一粒沙子的温柔

▶ 文 / 安宁

> 你既然期望辉煌伟大的一生，那么就应该从今天起，以毫不动摇的决心和坚定不移的信念，凭自己的智慧和毅力，去创造你和人类的快乐。
>
> ——佚名

　　曾经在一所中学做过一年的老师，彼时刚刚大学毕业，满怀了一腔的热情，几乎将全部的精力，都投给了那些青春年少的学生。那时一直认定，只要自己有一颗足够温暖柔软的心，再怎么劣迹斑斑的学生，都会被自己感化，并在此后漫长的人生中，记住曾有这样一位老师，在迷惘的十字路口，给过他无私的指引和扶助。

　　我记得那时几乎耗尽了平生的气力，备课时从来不会偷懒，直接从教参上拷贝，而是像采撷缤纷的花朵一样，在鲜亮的校园生活中，将 60 个孩子最美的瞬间，融入每一个英文例句，单词，幽默小品。每一次上课，我都像一个导演，领着这一群优秀的演员，尽享 45 分钟的舞台光芒。

我依然可以清晰地记起那些孩子可爱的伎俩，他们故意在我巡查晚自习的时候小声说笑，以此换来我在凉风习习的走廊上，给他们开的思想小灶；他们还会拿刁钻古怪的题目难为我，并用错误的答案误导我，以便看我上当后的窘迫；有时候他们站起来造句，会狡猾地问我最近有没有收到男友的情书，而后在哄堂大笑中，看我满面羞涩的桃花。

大多时候，我纵容他们的任性无理、小奸小坏，并期望能用关爱，温暖他们偶尔迷失的心灵。但还是会伤心、失望，对那些个性鲜明到无法调和的孩子，充满了深深的无助和倦怠。甚至，很多次下定决心，要像周围的老同事一样不再斤斤计较，只要成绩高高在上，他们的品德和言行又与我有什么相关呢？

那年的秋天，为了加深对一篇课文的印象，我突破重重阻碍，终于成功申请到带他们出游的机会。行前许多老教师叮嘱，说，如果有了矛盾，一定记得板起面孔，不要吝惜任何力气教训他们，否则你不让他们流泪，他们就会让你流。我当时只是笑笑，想，哪有那么严重，平时上课也未见他们放肆到哪里去，一次出游又能有多少造次？顶多也就是在我给他们拍照的时候，拥挤着要抢占最佳地理位置罢了。

可惜，在刚刚抵达车站的时候，我便发现，一切并不像我想象的那样简单。因为一辆巴士坐不下那么多学生，势必要有一些人需要站一个小时，或者坐在巴士准备好的矮小凳子上。于是许多有"主见"的学生便自作主张，要等半个小时后的下一辆巴士。我立刻着急，说：那怎么行，我们是一个集体，不能有任何人单独活动。一个高个子男生便在后面嚷：老师，你们是大部队，我们是小分队，我们很快会与你们"井冈山胜利会师"的！周围人一阵大笑，开车的师傅却无心听我们闲扯，催促道：你们还走

不走，知不知道每耽误一分钟就让我少赚很多钱啊。

我最终软硬兼施，"威胁"他们说，如果谁不服从命令，我们这次出行立刻取消。这一句，终于让那些学生一脸不情愿地上了车。但上车后并没有安静，许久都没有出游的他们，像是飞出笼子的鸟儿欣喜若狂，忽而高歌、忽而大吼、忽而吵嚷、忽而将头伸出窗外去，朝路过的车辆挥手。

其实那时我也不过是个22岁敏感脆弱的女孩，对于这群十六七岁的孩子，并没有多么强的掌控力。但出于一个老师的职责，我还是将自己扮成一个力大无穷的水手，载着这些兴奋到忘记危险的孩子，小心翼翼地驶过险滩、急流、漩涡、暗礁，冲向那险境重生的彼岸。

那真是一场心智的较量。60个孩子，60颗古灵精怪损招频出的心，当它们一起发射过来的时候，我几乎是无力可挡，任凭它们嗖嗖地穿越密林，击中我最致命的胸口。

那次出行之后的很长时间，我都不愿意回忆种种让我感伤的细节。我不知道为何课堂上相处融洽的我们，到了山野，那股聚合的绳索便节节脱落。女孩子们三五成群地闹小团体主义，不过是一个转身，爱冒险的男生们便不知跑入哪一个岩洞；出行前设计好的路线，到了目的地偏偏有那么几个人，吵闹着说不好玩，要另行修改。我绞尽脑汁、低声下气、循循善诱、声嘶力竭，差一点，就在一个女孩子的抱怨里落下眼泪来。但即便是如此，却并没有多少人领情，或者说句安慰的话，那一群没心没肺起来，几乎是无情的孩子，他们尽情撒欢的时候，并不知道，我在背后已经心神俱疲。

但我却因此记住了他们每一个人生动的面容。一年后我辞职读研，临走前他们上课，我站在窗外驻足许久，我知道尽管自己的热情已经渐渐减退，如果继续教下去，或许过不了几年，也会和办公室里其他同事那样，成为一根蔫掉的黄瓜，可是，当我这样凝视他们年轻的面容，我还是明白，不管他们如何惹怒过我，我依然会将他们深深铭记在心中。

几年后我在街上，偶然遇到一个曾经冒险开辟新路，被我狠批一顿的学生，我一开口便叫出了他的名字，而他却是迷惑注视了我许久，才在提醒下，想起我这个只教过他们一年的英语老师。当然是没有多少的话说，尴尬之下，只谈谈彼此的近况和一些学生的去向，便匆匆告别。落寞走了一程，才想起，我们都没有索要彼此的手机号码。

彼时我几乎无法接受，当年如蜡烛一样无悔燃烧的自己，怎么就被他们给忘记了呢？我为他们做的十年梦想卡还认真地收藏着，却不想，时间只过了一半，那卡上的人却是完全不记得我当年炽烈的情感。

后来有一天我去海边，在沙滩上看到一双双年轻朝气的脚，跑过岸边，它们所过之处，总是会溅起许多沙子，并在沙滩上留下深深浅浅的脚印。而那些奔跑的脚，却很快便忘记了那承载过它们的沙子。

可是，时光的海水冲刷过来，掩盖了行过的足印，但那些温柔的沙子，却依然会记得，曾经踩着它们飞过的双脚的温度。

而一个老师，原也不过是承载千千万万个学生，奔赴远方的一粒沙子，会不会被记得，原本并不那么重要。

重要的是，我的心不会忘记年轻时候，那份曾经澎湃不息的热情。

哨声嘹亮

▶ 文 / 冠一豸

> **真诚的友谊好像健康，失去时才知道它的可贵。**
>
> ——哥尔顿

一

游美美是我们学校女生中最拉风的，她经常穿着奇装异服走在校园里，引得身边的同学一阵阵欢呼。每每这时，她就一脸得意，在众目睽睽下一甩长长的马尾辫，手指迅速在嘴唇上一捏，吹出一声尖利而嘹亮的口哨，赢得如雷掌声。

我可能是班上唯一讨厌她的人吧，我觉得她就像个哗众取宠的小丑。她长得很漂亮，虽然成绩一般，但能歌善舞，在这所一千多人的校园里，早已"声名在外"，她有什么必要再引起轰动呢？特别是她吹出的尖利口哨声，更让我反感。一个女生吹口哨，这像什么样子？

我是大家眼中最"正规"的学生，身边的同学都叫我"正派乖乖男"。不过我从不认为我的循规蹈矩有什么不好，学生嘛，以学习以主，干嘛要用怪异的行为引人注目呢！

二

我对游美美的讨厌或许她也能感觉得到。

有一次，我刚走到教室门口就听见她大声说："简西这家伙眼睛长在头顶上了，看见我居然视若无睹，气死我啦！""你太美啦，光芒四射，简西他是被你刺得睁不开眼睛。"一个女生劝慰道。"我知道，他就是看不起我，因为成绩不如他。"游美美怒气不减。"大家的成绩都不如他，肯定不是看不起你啦。"女生继续劝慰。"哼！简西，你是世界上最坏的坏蛋！"游美美杀猪般地号叫起来。

我走进教室，瞥了一眼正脸红脖子粗号叫的游美美，想笑又忍着没有笑出来。突然看见我，游美美一脸尴尬。她窘迫的表情倒是很可爱，脸涨得红红的，像抹了胭脂，五官一时间仿佛凝固住了。

教室里顿时像一锅煮沸的粥，哄笑声四起。只见她急急地对身边的女生说："不跟你们扯啦。"然后转身以最快的速度跑出教室。

而我则面无表情地开始做我的数学题，根本没去理会大家。

三

学校一年一次的艺术节来临了，各班的同学又开始忙碌。这次老班想让我们表演个小话剧，剧本是我写的。

老班要我当导演，我红着脸一个劲儿地拒绝。女主角是当仁不让的游美美，我哪能调得动她？可我万万没想到，游美美居然一下课就来找我，直截了当地问我是不是因为她才不愿意当导演。

"你是本色演出，根本不需要我导演。"我淡然地说。我写那篇小说时，确实是以她为人物原型加工塑造出来的女主角。游美美听见我的话后，诧异地问："你真的是专门为我量身打造的吗？"大概是因为兴奋，她脸上泛起一圈红晕。

看过剧本后，游美美又来找我。那天傍晚放学后，同学们都回家了，她突然跑过来冒出一句："简西，你的剧本得修改一下？有些情节不对。""是吗？哪些情节？"我漫不经心地问。"性格叛逆张扬和父母的婚变不能完全等同，比如说我吧，家庭很幸福，可我天生就喜欢瞎嚷嚷，喜欢成为焦点，这也不算叛逆吧？还有吹口哨有什么不好？怎么在你的剧本中，会吹口哨好像就是不良少年了，这你根本不了解，吹口哨……"游美美口若悬河。

"青春多短暂，我不趁大好年华开心地笑，以后这样的日子就一天比一天少了。吹口哨就是开心的表现，你会吹口哨吗？要不我教你……"游美美似乎忘记了我们之间其实并不合拍，她一兴奋起来，居然跑到我身边，嘟着她的樱桃小嘴，吹出了一声嘹亮的口哨，那声音脆如空谷破竹。

那是我们第一次单独在一起，第一次聊了很多话，我居然还接受了她的建议把剧本作了修改。看着盈盈浅笑的游美美，我忽然觉得她其实不那么讨厌。

"简西，我觉得你这个人什么都好，就是太冷淡了。十几岁的外表，几十岁的心。"游美美犹豫了一下，还是说出了这些话。

我诧异地望着她，难为情地问："在你们眼中，我就那么不堪呀？"

"你那么优秀，怎么会不堪呢？只是心太老，没激情。其实班上的同学都很喜欢你，就像喜欢我一样喜欢你。"游美美嫣然一笑，然后脸涨得通红。

看着眼前一脸娇羞的女生，我突然感觉以前那样对待她确实不应该。

四

艺术节的表演如期举行，我们班的小话剧大获成功，大家都乐得合不拢嘴，不过最拉风的还是主角游美美。

看着同学们那一张张开心的脸，我也受到了感染。其实和游美美那次交流后，我觉得她说得对：青春那么短暂，我们应该让自己每一天都快快乐乐的。

游美美在偌大的校园里就像一个明星，走到哪都赢得众多的注目礼，她很享受这样的礼遇。她依旧在校服里穿着色彩绚烂的衣服，一下课就脱了校服在走廊上招摇显摆，一开心就吹一声嘹亮的口哨。这些外在的形式，她一点都没有改，她喜欢这样，改变的只是她的学习态度，她再也没有以"六十分万岁"为目标了。

我的口哨已经吹得很好，虽然哨声不及她嘹亮，但游美美说我可以出师了。

班上的每个同学都会吹口哨，可是在我的记忆中，属游美美的哨声最嘹亮了，那仿佛是青春岁月里的一声欢呼。

五

暑假过后我就升高中了，父母让我报考了省城的一所重点高中。

离开之后，我很遗憾没有跟班上的同学告别，也很后悔当时没有向他们要电话号码。至于游美美，我更是不知道她现在怎么样了。

很多个月光如水的夜晚，我的思绪总会回到从前，想起那些与游美美相处的片段。其实我们之间真的没有什么交往，但彼此间又相互影响了对方。

我的脑海中总会浮现出那个日落的黄昏，我们仅有的一次单独交谈。她盈盈的笑脸、不停摆动的马尾辫都那么清晰。想起她显摆漂亮的衣服、那些"哗众取宠"的行为，突然觉得她那么真实可爱……那些琐碎的往事堆积起来，渐渐还原了那个仿佛从漫画中走出来的美少女。

想到这里，我不由自主地嘟起嘴，伸手夹住嘴唇，吹出了一声清脆的哨声。我想如果游美美听得见的话，她一定会惊呼："这哨声太嘹亮了！"

诗意年华，错落成歌

▶ 文 / 阿杜

> 真正的朋友不把友谊挂在口上，他们并不为了友谊而互相要求一点什么，而是彼此为对方做一切办得到的事。
>
> ——别林斯基

一

第一次表白，却被无情地拒绝。我失魂落魄地跑着离开，心里恨死了杜宇桐。这个大混蛋、这个大木头，他居然对我说，是我会错了意，他对我没有那个意思。

没有那个意思，他干嘛要对我那么好？干嘛要含情脉脉地盯着我？他说他近视，让我误会了。近视就需要含情脉脉地看人吗……我一边跑一边在心里咒骂他。太丢人了，我恨不得马上挖个地洞钻进去，再也不要见人。

　　只顾得跑，我冲在路上，差点撞到一辆停在路旁的车。那个胖胖的司机探出头，狠狠地瞪眼："想碰瓷呀？小小女孩不学好，也不睁眼看看，我这车是停在路边的，还没启动。"

　　我的脸瞬间涨得通红，又羞又怒，不知如何解释，心里的委屈、伤心喷涌，一扭头，我又跑远了，泪水跟着倾泄。杜宇桐，我恨死你了，都是你的错。我无法原谅你对我的伤害……我在心里一遍遍咒骂他，把所有的错都算到他头上。

　　跑了很久，我累得气喘吁吁，脸上汗水、泪水交织，模糊了我的视线。我靠在一堵墙上，大口大口地喘气，整个人疲软得站不住，渐渐沿墙滑下去蹲坐在墙根，双手紧紧捂住脸，任泪水肆意横流。

　　"杜鹃子，你干嘛跑那么快呀？我都追不上你了。"

　　一听声音，我怒气冲天，这个大木头他居然跟着跑来了。他到底什么意思呢？既然拒绝我了，干嘛还假惺惺地追来，我需要他关心吗？他的假仁假意更让我难过。我一把抹去脸上的泪痕，愤愤地叫："你滚开好不好？看我伤心难过你是不是特开心呀？"骂着他，我又禁不住哭起来。

　　"别哭，我们都是好同学，我只是不想让你误会，我看你跑了，担心你才追来的，我没别的意思。"杜宇桐说。这个不解风情的家伙，这个脑袋不开窍的木头，不说话还好，一说更让我难堪又难过。

　　自作多情是一件多丢人的事，他还嚷嚷着挂在嘴边。

　　"你以为我真喜欢你呀？做梦！你给我滚得远远的，不要再让我看见你。"虽然无法挽回败局，但为了面子，我不得不放下狠话。见他不走，我毅然地先离开。

二

"杜鹃子，把你的笔记借我一下。昨天有道题没来得及抄。"

下课时，杜宇桐像是什么事情也没发生一样，跑过来问我借数学课堂笔记。

我在班上是个活跃的女生，虽然没有花容月貌却也长相清秀，再加上能歌善舞和不错的成绩，我对自己充满了自信。只是我怎么也没想到，平时话不多，又对我很好的杜宇桐，他居然拒绝了我，还说我会错意了。

"你谁呀？凭什么我要把笔记借给你。"我愤然而起，对他不屑一顾。

杜宇桐没想到我反应这么大，一时愣住了，脸像抹了胭脂红。看着他悻悻地离开，我心里并不开心。我不想这样对他，可是不这样对他，我无法宣泄我对他的恨意，无法挽回被拒绝的羞辱。而且才隔了一个周末，他难道就忘记了他对我无情的拒绝？

我想不明白杜宇桐的做法到底要表达什么意思？仅仅为了借课堂笔记，他完全可以找别人呀，干嘛又要来招惹我？

"鹃子，你怎么了？干嘛对杜宇桐那么凶呀？他惹你生气啦？"同桌柳之好奇地凑过来问。她知道往日里，我和杜宇桐的关系不错。

"没有，心情不好，和他无关。"我说。哪敢把实情告诉这个大嘴巴，虽是同桌，但我们关系一般，我不喜欢包打听的柳之，她知道的事，定会宣扬得全校皆知。

"没有？我才不信。"柳之狐疑地笑。

她那高深莫测的表情让我不寒而栗，为了不让她继续追问，我赶紧撤离。跑到走廊，我低着头想下楼时撞上了一个人。抬头一看，是杜宇桐。于是没好气地说："不长眼呀！我这么大一个人都看不见。"杜宇桐张着嘴，

想说什么却没说出口。

我瞪他一眼，从他身边跑下去。由于心急，我踩空了台阶，一个趔趄，整个人直往前扑，差点栽倒在地。幸好，一只手在瞬间迅速地抓住了我的手臂。

是杜宇桐，他拉住了我的手。

"哇！上演英雄救美呀？"柳之的声音不合适宜地响起。

我的脸红到了耳根，一时不知如何是好，只能用力地甩开杜宇桐的手跑下楼去，心里慌乱又甜蜜，这个杜宇桐终究还是关心我的。

柳之追了上来，又开始打探。我恼怒地说："你是不是要看我摔倒才开心呢？"

一句话，我把柳之问得哑口无言，并为自己解了围。

三

柳之把包打听的本事发挥得淋漓尽致，在我这碰了钉子后，她又改变路线，去询问杜宇桐了。

体育课自由活动时，她避开人群，把杜宇桐拉到旁边，神秘兮兮地嘀咕。我看到杜宇桐的脸涨得通红，还一个劲儿地解释什么。不用说，我就猜测到柳之的目的，于是冷着脸走过去："杜宇桐，你跟我过来。"我看也不看柳之，只想把杜宇桐带走。这家伙憨直，我怕他被柳之问急了，把事情的真相说出来。

这怎么可以呢？他把真相说了，我还有什么脸在班上待？我虽然平时嘻嘻哈哈爱开玩笑，但这种会错意、自作多情被男生拒绝的尴尬事，我还是承受不住，这件事他一定要守口如瓶。打定主意后，我冷漠地对杜宇桐说："你什么都不要告诉别人，万一有人知道，看我怎么收拾你。再说了，我现在也没觉得我有多喜欢你，别自以为是得意忘形了。我什么人呀？哪能喜欢你这个大木头呢？"

"是！是！是！"杜宇桐小鸡啄米般频频点头，"你说得是，我听你的。我就知道！你哪能喜欢我呢？我们是好同学，很纯正的革命友谊。"

"谁和你革命友谊呀？我们就只是普通同学，别的什么都不是。"愤愤丢下一句，我昂首挺胸转身离开。

我加入一群女生的排球赛，但怎么也无法集中精力，我看见柳之又靠近杜宇桐时，心里一阵忐忑。

"杜鹃子接球！"一个女生喊我时，我正转头观察杜宇桐的去向，等听到喊声，返过来抢球时，排球"嗖"地一声从我的手边擦过。

"浪费一个好球了，你有没有认真呀？搞什么呢？"女生不悦地碎碎念。

"对不起对不起！刚才走神了。"我连连道歉。

努力排除杂念，我认真和大家打起排球来。虽然进校排球队我身高不够，但面试的体育老师说我爆发力不错，很有力量。同队的二传手把球轻轻垫起，我纵身一跃，使出全力猛扣了一记，排球在空档处应声而落，对方三个同学为了救球撞成一堆，尖叫声四起。

"鹃子好棒！一记扣杀，把她们打得落花流水了。"身旁的队友适时地夸奖我。

我这人经不住夸，在接下来的比赛中，我更是发挥自己爆发力强的优势，一次次与队友配合默契，轻松地把球驳击回去。又是一记妙传，我刚跳起来准备扣球时，一眼瞥见柳之又站在杜宇桐身边了。大脑顿时一片空白，我不知道怎么了，突然就撞在另一名队友身上，两个人都倒在球

场上。

"鹃子——"大家应声围了过来。

我躺在地上，痛苦地捂着脚踝，刚才着地时扭伤了。那个被我撞在地的女生很快就爬了起来，她扶起我，问我怎么了？我说脚扭了，痛得厉害。

"还是去医务室吧！"

"赶快叫老师来！"

大家七嘴八舌。

"杜宇桐，你赶快背鹃子去医务室吧！"柳之说。

我虽然脚疼得难受，但脑袋还是清醒的，听见柳之的话，我愣住，一时不知如何反应。真的还没反应过来，杜宇桐已经拦腰把我抱起来，迅速往医务室跑去。

杜宇桐块头大，虽然跑得不快，但力气够大。我被他揽在怀里，脸红到了耳根，于是挣扎着要下来。这算什么呢？当着众人的面，被他这样抱着，我以后可就不清白了。

"别动！你脚都扭伤了，赶紧去医务室看看。"杜宇桐说。虽然他的声音不大，但透着威严，我不敢再乱动，只得乖乖就范。

四

都怪柳之，要不是她总去询问杜宇桐，我怎么至于分心扭伤脚呢？不过，也因为她，杜宇桐这大木头居然把我从球场一路抱到了医务室。十来分钟的路程漫长得犹如一个世纪，又短暂得似乎我只听见他几声"咚咚"的心跳和如牛的气喘。

在医务室杜宇桐忙上忙下的，直到老师来，他才先回教室上课。我的脚涂了正骨水后又被包裹起来，医生说暂时不能着力，留下来照顾我的柳之又要去找杜宇桐，但这次我死活不愿意了。这算什么呀？我才不愿意被人笑话。

我瞪了柳之一眼，说："你，扶我回去。"

"还是让杜宇桐来抱你吧，自己走多累。"柳之嬉笑着说。

"你故意的吧？什么意思呢？"我板起面孔。

见状，柳之说："好，我扶你。谁让我们是同桌呢。这段时间，我照顾你吧。"

"你们俩有点奇怪，特别是你对他的态度，感觉不对劲。"柳之在回教室的路上搀扶着我，自言自语地说。

"奇怪什么？你才奇怪呢？老操心别人。有这功夫还不如多念点书。我是为你好才说你的，你那点成绩真对不住你的智商。"我点穴般，一下点到柳之的伤口，让她再没兴致打探我的事。

正说话间，已经下课的杜宇桐又跑了过来，他见到我嗫嚅着，不知说什么。我的脸又红了，害臊得浑身都燥热起来。

"是我扶，还是让他抱？"我正愣着，柳之神情一变，又活跃起来。

我狠狠瞪了柳之一眼，她才住嘴。杜宇桐低声下气地说："杜鹃子，你的脚没事吧？"

"当然没事，我谁呀，我是杜鹃子，怎么可能有事？"为了打破沉闷的气氛，我故意夸张地说笑起来，还让他和柳之一左一右扶我回教室。杜宇桐已经把话说得很明白，他和我之间只是纯粹的同学友谊，我再也不要自作多情了。要打消柳之的胡思乱想，我就得主动出击，当着她的面，让杜宇桐一起扶着我，这样她就没什么说辞了。

放学后，柳之扶着我，杜宇桐出校门先去叫了辆载客的三轮车，他们俩把我送回了家，还好我家在二楼，没几个台阶，我扶着拦杆自己就可以上去。

只是让我没有想到，接连几天杜宇桐都早早来到我家，接我一起上学，放学后又主动送我回家，他虽然话不多，但做事有条有理，很细心。

我偷偷观察他，看着他浓眉大眼的脸庞，我又想不通了，他这唱的又是哪一出呢？明明都拒绝我了，还对我这么好？难道不怕我再次会错意吗？当然不会了，我才不是那种死缠烂打的女生，第一次主动告白已经让我后悔死了，再不可能出现第二次。

我相信杜宇桐对我好、关心我，就像他自己说的，我们是好同学，我们之间只有纯正的革命友谊。他仅仅把我当成需要帮助和关心的生病同学而已，换成其他同学，我想，他一定也会这样做的。他一直都是班级里最热心的生活委员嘛。

五

期末考试要来临了，我把各科目的课堂笔记整理了一下，然后结合特殊的例题汇编成一个小本，自己跑去复印店打印出来，分别给柳之和杜宇桐。

"我也有？"柳之惊喜地问。

"要不要？不要还我。真多嘴！"我笑着骂她。

杜宇桐拿到我私制的复习资料时，脸上掩饰不住的笑意，他乐着说："杜鹃子真是热心肠，有你这个尖子生私人定制的资料，我想多考个几十分应该没问题。"

"那是！看懂了里面的例题，考试时没什么好担心的。谢谢你的照顾，看在你对我那么好的份上，这是回报你的。"我得意地说。其实心里挺感激杜宇桐的，面对我的无理取闹，他没有抱怨，在我脚扭伤时，他尽心尽力地照顾我。有这样的好同学，我还强求什么呢？

"杜鹃子，你真是个好女孩！"杜宇桐真诚地说。

"好什么好？好女孩不受欢迎，你后悔去吧！"说完，我赶紧溜了。我注意到柳之那犀利的目光又扫射过来，再不脱身，又得要解释了。

我心里已经没有遗憾。考试结束后，我们要面临文、理科的分班，我想，我们再不会成为同班同学了，就这样结束挺好的。

人生路上，我们哪能那么贪心呢？能够遇见这样一个善良、热心的好同学，又有什么不好呢？想起杜宇桐说："杜鹃子，我们是好同学，很纯正的革命友谊。"想起他说的话，想着他说话时脸上的表情，想着他真诚的目光，我心里突然有点酸。

这诗意的年华，我们终究只能让它错落成歌，在无眠的夜里，轻轻吟唱。

一位差生的老师

▶ 文／一路开花

> 坚持意志伟大的事业需要始终不渝的精神。
>
> ——伏尔泰

当她初任班主任的第一天，他带领一帮最为调皮的孩子送了她一个终生难忘的礼物——十只鲜活的蛐蛐。那是他们几人奔忙半日的结果。

她满怀欣喜，小心翼翼地打开密封的盒子时，鲜活的蛐蛐顿时"吱吱"地叫蹿起来。她还未看清楚，几只黑乎乎的虫子便跃上了她的肩头，她一瞬间吓傻了，竟然丝毫不顾场合与个人形象在教室里乱跳乱蹦，惊慌失措，惹得众人捧腹。

事后，她气极了，委屈的泪顺着洁净的脸庞簌簌而落。她不远千里，不辞劳苦地从北国之都前往这片荒村支教，却万万不曾想到，这些在贫困中生长起来的孩子，竟然如此淘气。

她一个人，肩负三个年级的课程。偶尔，哪位同学病了，她还得充当临时医生。一日下来，筋疲力尽。她时常会幻想她所在的城市，直到此刻她才明白，之前那座生自己养自己又让自己怨声载道的城市，其实是多么美丽与诱人。她不止一次想要回去，可总觉得对不住那些村民。她刚来的第一天，还未当上班主任，便已向那些前来热情迎接的村民许诺，要在这穷乡僻壤待足三年，教会这帮孩子读书写字。

他不喜欢读书，即便他真切地知道，知识可以改变他的命运，可以带他离开这片贫瘠的土地。若按"调皮孩子多聪明"的常理来说，他该是班上最聪明的孩子。一无所有的荒村里，他总能找到让大家开心娱乐的法子，他总能让每一个老师哭笑不得，他总能让班上的那几个男同学都听他发号施令。

为了让他有责任心，发现自己的不足，她让他当了班长。原本以为，颇有威信的他会管理好班上的课堂纪律，殊不知，他却当着全班同学提前早退，逃到后山腰上采野果。

他的学习成绩每次都很稳定，保持倒数第一。所有的老师都对他绝望了，劝她，不要再在他身上花半点心思，他天生就不是读书的料。她不信，说，要证明给他们看，他只要努力，就一定能成为一名品学兼优的学生。

他逃课游泳，遇到大雨，通身湿透不敢回家，怔怔地坐在教室里等待衣服被身体暖干。殊不知，却发起了高烧。她背着他，来不及换鞋，踩着高跟鞋"噔噔"地迈上山路。他伏在她的背上，微弱地撑着雨伞。

躺在诊所的病床上，他看着她因崴倒而浮肿的右脚，断掉的鞋跟，一言不发地流泪。她以为他怕自己回家后会被父亲责打，于是就轻抚着他的肩膀，安慰地说："别怕，别怕，待会到家了，我就跟你爸爸说，你在我家里补习功课。这样你就不会挨打了。"

他哭得更凶了，"呜呜"地喘不过气来。她不知道，他根本没有父母。

他的父母在他很小的时候，一同南下外出打工，结果，一去不复返。这些年，他与奶奶相依为命。他之所以不敢回家，只是怕年迈的奶奶伤心罢了。

第二日，所有人都不明白，为何他听课忽然认真起来了。可与那些故事里不同的是，根本就没有奇迹发生。他之所以这么做，完全是在做表面工作，他实在不想读书，可又不想让她伤心，只好这么做了。

毕业之时，尽管他的学习成绩仍旧保持"第一"，可性格却有了翻天覆地的变化。他不再恶作剧、不再喜欢让他人难堪、不再内向、不再孤僻、不再乖张。短短三年，他变得高大、强壮、乐于助人、开朗、活泼，如换了一人。

离去的当天，所有孩子依依不舍地将她送上了山路。绿树滚滚，模糊了她的视野。她再三驱赶，都无法将他们撵去。她说："送君千里，终须一别。"孩子们站在松涛呼啸的山间，哭了。

他隐在人群中，几次欲上前告别，都未能鼓足勇气。他多想上前亲口说声"谢谢"，抑或说声"对不起"。可最终上前时，却如鲠在喉，只得奋力地挥了挥手。

很多年后，在黄土地上徘徊过后的他和当年的父母一样，踏上了南下的列车。第一笔工资，他用来买了一双崭新的高跟鞋。

她收到这双高跟鞋时，几乎都忘却了他的名字。在城市中，她已经送走了很多届优秀的学生，他的名字已在这些记忆中模糊。直到目及盒中的相片，她才恍然记起，那个在很多年前，让她难堪落泪的大眼调皮男孩儿。

照片背后，是一段让她泪湿的拙劣笔迹："感谢您，老师，直到我们别离的最后一刻，你都未曾将我这位最差的学生放弃！"

十六岁的一场明争暗斗

▶ 文 / 太子光

> 我们永远也不会知道，我们是和什么人打交道，甚而要认识自己的朋友也要等待重大的关头。也就是说，要等待不可能再有更多的关头，因为惟有到了这种关头，认识朋友才会成为最重要的事。
>
> ——卢梭

一

我是踩着切分线考上一中的，虽然有惊无险，但在等待切分的那段日子里，于我而言就是一场无法言说的沧桑。怎么都没有想到，一直"独占鳌头"的我也会有那么煎熬的时刻。

号称"千年老二"的俞勇一雪前耻，他以全校最高分、全市第七名的成绩考上了一中。在一中一千多号新入校的学生中，我们竟然又被分在一个班级里，真是"冤家路窄"。

我怎么都忘不了，俞勇在初中毕业晚会上，故意走到我面前，朝我轻蔑一笑的表情。我在心里骂他"小人得志"，可是在分数决定一切的时候，我真是无力回击。还好，上了高中后，一切又是全新的开始。我暗下决心，一定要重新赢过他。

俞勇凭借入校的高分顺理成章地当上了班长。当老师宣布这个决定时，我不经意地看了他一眼，没想到，他也正把目光转向我，他意味深长地朝我笑了笑。我知道，他是故意在向我示威，初中三年我都是班长，而他只是辅助我的副班长。

"风水轮流转，今年到我家。"俞勇下课后，刻意走到我桌子边轻轻敲了敲桌子对我说。"好运气不会一直伴随你的。"我不痛不痒地应他。"一样，我也正想这样告诉你。"他得意地说，毕竟我赢了他三年，而他在最重要的一战中赢了我。

我突然就变成班上"路人甲"的角色了，巨大的落差下，我赌气般把自己隔绝起来，一心只读圣贤书。

二

同学们来自全市各中学，都曾经是佼佼者。俞勇也明白这点，自上高中后，我感觉得到，他也是拼着一股劲儿在学习。

高中课程比初中难，科目又多，大多数人都有些力不从心，每一次考试，试卷发下来时，班上总会传来阵阵哀叹声。我的情况也不容乐观，虽然很努力了，但依旧无法回归到初中时的辉煌。俞勇的情况比我更糟，可能是顶着"入学全班第一"的头衔，他压力更大。

每次发试卷，看着表情严峻的俞勇，我都暗自高兴，可正得意时，转念一想，我又高兴不起来了。曾经我也是一次次在平时的考试中赢过他的，但仅仅一次，却又是最重要的考试中，我输了他，那之前所有的"赢"就变得毫无意义了。我不愿意也不能让历史重演，我终是明白了，笑到最后的人才是真正的胜利者。

几个月后，我渐渐适应了高中生活，也适应了高中老师的授课方式，成绩稳步上升，只是让我没想到的是，俞勇的成绩也开始显山露水。

我在班上的角色又由"路人甲"变得瞩目起来，很多同学愿意来找我聊天或是询问作业，我没有理由拒绝别人的热情，更不会拒绝别人抛出的橄榄枝。只是我和俞勇依旧没有成为朋友，仅是"对手"。或许他也这样想吧，瞧他对我怒目而视的样子，我能感知。

一场没有硝烟的战争从初中一直延续到高中。班上的同学都很奇怪我和俞勇的关系，曾有同学疑惑地问我："你和俞勇不是老同学吗？好像很少交往？"我笑着说："哪会呢？只是性格不同，不大熟。"而脑海中浮现的却是初中毕业晚会上俞勇朝我轻蔑一笑的表情。

他这样的人，我能和他交往吗？彼此之间，注定只会是"对手"。

三

到了高一下半年，我和俞勇的成绩渐渐上升到班级的前两名，只是让我郁闷的是，第一名不再是我的专利，俞勇已经打破当年的"魔咒"，一举摘掉"千年老二"的封号。

我听一个同学说，俞勇周末有去上奥数班。怪不得他能赢我了，原来的考试，我都是在数学上赢他的。我的物理比他弱，于是我也开始在周末去补物理，当然，奥数班我也报了，我倒是要看看他都在学些什么。

看见我突然出现在奥数班，在俞勇的眼睛里，我看到了惊讶。不过，他从来都是很聪明的人，应该很快就猜到我的目的，于是又一场明争暗斗开始了。

奥数班上课的内容有点难，不过，弄懂后对付数学试卷的最后几道大题就容易多了，俞勇进步的原因就在此。我重新调整自己的步骤，有的放矢。对于基础题，我力求百分百的准确率和速度，把更多的时间和精力都用来解决难题。

我应该比俞勇聪明吧，那些他绞尽脑汁都解决不了的难题，我花费一番功夫后，就能完整地解出来，为此经常得到奥数班老师的表扬。每每这时，瞟一眼俞勇，他定是一脸不服输的表情，那眼神还闪烁着不屑。我得意地朝他轻蔑一笑，心里过瘾极了。

俞勇的作文一直写得不错，没想到上了高中他更是灵感迸发，不仅在市日报征文中获得了第二名，还有两篇文章相继在校园类杂志刊发。这些消息是老师在班会课上公布的，她没完没了地夸俞勇，听得我一肚子火。不就写文章嘛，有啥了不起的，又不是什么经典的传世之作，我也有能力写。

我不屑地撇撇嘴，想好了放学回家后，也打造一篇文章投稿。我才不相信，他俞勇能够做到的事，我有什么不能的？在任何一方面，我都不想输给他，当然了，以我对他的了解，他肯定也是这样想的，要不怎么是"对手"呢？

四

当我偶然从一个同学嘴里听说俞勇喜欢隔壁班的恩心时，我又来了兴趣。我认识恩心，还向她借过一次书。恩心不仅成绩好，长得漂亮，而且琴棋书画样样精通，就连体育也不弱。毕竟她是校舞蹈队的，长期都在练功、排舞。

也不知道怎么回事，和女生打交道一直是俞勇的弱项，每次有女生热情地找他时，他总会闹个大红脸。我还听说了，俞勇对恩心是单相思，他明明很喜欢人家，但从来不敢主动打声招呼。他总是偷偷地、远远地观望。

可能是对方太优秀了，俞勇的自信心不够，他又不擅长和女生打交道，于是我决定气气俞勇。可能是心胸坦荡吧，我主动找恩心打交道时，一点也不会觉得难为情。我们站在走廊尽头说话，我早就注意到俞勇在打量着我们，但他站得远，听不见我们说什么，但是看见了他喜欢的女生在对我笑。

回到教室，我有意看了看俞勇，我想我的眼神里面一定闪烁着得意的目光——你怯怯地不敢接近，我却可以大大方方地与她说笑。我故意挑衅俞勇，就想看看他暴怒的表情。那些天，我注意到俞勇的情绪是波动的，他变得急躁、易怒，忧心忡忡的样子。特别是他的眼神，仿佛蒙上了一层痛苦的影子。

我和恩心的关系越处越好，路上遇见时，我们还会像老朋友一样打个招呼。我猜想，俞勇一定是羡慕嫉妒恨吧。看他一副咽不下气的样子，我就觉得有趣。

五

一直到高一结束，俞勇都没有和我说话，我知道他一直都在恼怒我。我根本无所谓，我们是对手呀，谁让他在我最失落的时候轻蔑过我？

十六岁的这场明争暗斗，我和俞勇都不是输家。正因为他的轻蔑一

笑，我重整旗鼓，斗志昂扬地开始了我的高中生活。他也一样，为了不再当"千年老二"，他上奥数班，努力写文章，哪一方面都想赢我。我自然不认怂，见招拆招，想尽办法与他对阵。

十六岁的时候我觉得爱情是无意义的，唯有努力学习才是正道。当我听说他喜欢隔壁班的恩心时，我就想阻止他，早恋的学生有几个能专心学习的？他可是我的对手，对手太弱的话，这场明争暗斗就毫无意义了。

我知道未来的路还很长，一路上我们还将会遇见更多的人与事，会遇见更多的对手，但只要心胸坦荡，明争暗斗又何妨？

有对手，我们才会保持昂扬的斗志。

十五岁不寂寞

▶ 文 / 安一心

> 仁爱的话，仁爱的诺言，嘴上说起来是容易的，只有在患难的时候，才能看见朋友的真心。
>
> ——克雷洛夫

一

十五岁了，我依旧是个矮矮胖胖的女生。每次照镜子，我都有把镜子砸碎的冲动，但想想，就算把镜子砸碎了，我就能瘦一点吗？心情顿时颓废到极点。

读初一时有个男生嘲笑我："你长那么胖还那么黑，真是丑爆了！"在众人的哄笑中我无地自容，恨不得挖个地洞钻进去，再也不要出来丢人现眼。我痛恨那样"当众打脸"的玩笑，但我又不能生气，还得假装大度地不去理睬，但眼中的泪却止不住地涌了出来。

我一直都是被嘲笑、戏弄的主角，后来可能是大家觉得我从不反驳，只会流泪，逗乐我也没意思，慢慢地就没人再作弄我，同样的，我也就渐渐被所有人忽视了。不过，我很感激那段被人忽视的日子，终于安静了，我可以像个"隐形人"一样，自由自在地独来独往。

我的世界里只有漫画和课本。我不是学霸、也不是学渣，中等的成绩有时连老师都记不住不爱说话、更不会举手的我。虽然我很努力，但成绩一直没有什么起色。写作业累了，我就翻翻漫画书，让自己有片刻的轻松心情。无聊的闲暇时光里，我不会邀我的闺蜜逛街，我也不喜欢看电视玩游戏，唯有随心所欲地画自己喜欢的漫画打发时间。

床底下塞着我收藏起来的满满两大纸箱漫画书，还有一大摞我画的漫画作品。很感激我的父母，他们从来没有干涉过我的生活，无论我是写作业、看漫画书，或者画漫画，他们都不会过问。我生活在自己的世界里，没有朋友，独自欢喜或忧伤。

二

新学年开始，我的后桌来了个陌生的面孔。那是一个长相很清秀，皮肤又白皙的男生，很瘦，似乎一阵狂风就能把他吹走。可能是初来乍到吧，他一个人安静地坐在角落，眼睛看着窗外。

有几个女生主动去找他说话，但他似乎不那么愿意搭理，问一句，答一句，几次后那些热情似火的女生也打起了"退堂鼓"，再不去招惹他。他叫简单，听同桌杨娟说他是从其他城市转过来的。

同桌杨娟是个对任何事情都兴致盎然的女孩，很活泼。我们刚坐在一起时，她总在放学后拉着我跟她一起去逛街。她相中一件衣服就指给我看，问我意见。我总是说很好，她就有点烦了。其实我也想多给一些意见的，但说不出来，长相还不错身材又好的她，其实穿什么都漂亮，不像我，什么衣服套在身上都难看，连累了衣服。

路上，杨娟热情洋溢地跟我聊起最近当红的偶像明星，这个小鲜肉，那个老腊肉的，我没一个认识。见我一脸茫然的样子，她质疑地问："你平时都不上网吗？也不看电视？你连吴亦凡、张艺兴都不认识？"我摇头时，脸倏地涨得通红。我是太落伍了吧，但我确实没兴趣去关注那些与我毫无相干的偶像明星，就算他们再帅跟我也没关系，毕竟我长这么丑，连班上的男生都懒得看我一眼，那些远在天边的明星，我去关注他们干吗呢？还不如看看漫画书有趣一些。

我知道杨娟是好意，她想让我融入她的圈子。每天一下课，总有一群女生围在杨娟身边，她们讨论最新流行的服装品牌，穿衣打扮的心得，还有就是近期暴红的明星。我也曾试着上网看一些新闻、娱乐报道，但我总是记不住那些面目相似的脸，都很帅，可是我分不清他们谁是谁，后来就放弃了。

慢慢地，杨娟就没再勉强我。我们虽然同桌却很少说话，她每天呼朋引伴从不寂寞，我也正好落个清静。

杨娟也对后桌的简单热情过一段时间，但面对简单的无动于衷，她也没辙。但我曾听到她对她的那群小伙伴说："坐在那个角落，我真是烦透了，连个说话的人都没有。"想想她曾对我的热情，我觉得很对不起她。

三

简单每天一个人来来去去，他从不主动说话，别人问一句，他才答一句。几个男生看他个高，邀他一起去打球，他拒绝了。跟他聊游戏，他也

没兴趣。那些男生悻悻离开时，愤然地说："怎么跟那胖子一样呀？毫无乐趣，真是两大奇葩。"

我是安静的胖子，简单是安静的美男子，这是杨娟说的，她还说，虽然都是安静地呆着，但性质却迥然不同。

考试后，大家才惊觉，安静的简单才是真正的学霸，数理化全都满分的他，一时间成了学校的焦点人物。大家都在夸奖他时，我却看到了他的不安和烦躁，或许被人关注并不是他想要的。

我的日子依旧过得很安静，只是初三了，身上似乎被一种无形的压力压得喘不过气。我已经很努力了，但成绩还是保持在中等，心里莫名诚惶诚恐起来。

有一天放学后，我又绕道去了南山公园。我不想回家，不想写作业。一下午考了两门功课，我觉得要累瘫了，蔚蓝的天空在我眼中也变得灰扑扑。我要去南山公园喂喂那些流浪猫，很多孤单的日子里我都会去。我觉得和流浪猫相处是件轻松简单的事，我不必讨好它们，只要带些猫粮过去，就会有很多的猫围过来。

在我专心喂猫时，我不知道什么时候，我的身后多了一个人。是他的影子让我注意到他，转过身看，我呆了，竟然是简单。看我回头，简单羞涩地挠着头说："你也喜欢流浪猫呀？"他手头里也拿着一包猫粮。

简单主动开口说话，我愣住了，直到他也蹲下来给流浪猫喂食。"你怎么会来这里？"我轻声问，并不敢看他。"我家住这附近，平时没事喜欢来这转转，这里空气好又安静。"简单说。原来离开教室后，他也不是那么不爱说话。

"我昨天来，发现有只猫可能生病了，想给它带些吃的。"简单在我还没回话时，又接着说了。说起流浪猫，简单仿佛变了一个人，他的眼中是满满的关爱。

不知道为什么，我觉得和简单说话很舒服。虽然在这之前，我们几乎是零交流。十五岁的年纪，友谊的建立有时没那么多的规则和常理。其实我们都并非不要朋友，只是很多时候，我们并不知道要如何与人相处。

四

我喜欢看漫画书、画漫画，却不爱上网，不热衷明星八卦，也许是胖的缘故吧，对穿衣打扮毫无见解，也知道自己长得丑，对身边的人总是刻意地保持一段距离，从不敢轻易敞开心扉，怕被伤害，宁愿孤单。

简单也是个不合群的人，他和男生总玩不到一块，他不喜欢运动，不爱网游，只对漫画书有兴趣。可能是天赋吧，对学习不太热衷的他，却总能轻松考出好成绩，让人羡慕嫉妒恨。他不喜欢别人喋喋不休地问这问那，喜欢安静地想问题。

"在以前，我也曾觉得自己的格格不入很不好，于是努力想融入大家的世界，但很辛苦，表面是不孤单了，但我心里却更加寂寞。后来我想明白了，我是个怎样的人就怎么做，不想迎合，更不愿勉强自己。我不喜欢被关注，只希望像个'隐形人'一样生活。"

在我和简单渐渐熟悉后，有一天他这样告诉我。其实我能明白，十五岁的我们并不害怕孤单，而是怕在迎合别人时，变得连自己都不认识了。我们都有自己的世界，只是和别人没有什么交集而已。

我和简单应该算是同一类人吧，就像同学说的，我们两个是奇葩。我们不懂得与人交往、不懂为人处世，而是习惯待在自己的世界里。也曾感到寂寞，可是当我们试着融入别人的圈子时，说着言不由衷的话，又觉得

浑身不自在。

我们喜欢跟流浪猫相处，会把零用钱攒起来为它们买猫粮。在学习累时，翻翻漫画书就能得到片刻的轻松愉悦。我们都不怎么喜欢说话，安静地坐在公园一隅，看一片片闪着亮光的绿叶，仿佛那就是青春的绚烂，即使这样，我们也能平静地度过寂寞的十五岁。

第二辑

Chapter Two

Weimei Yuedu

唯美阅读

往事，只是隔岸的风景

▶ 文 / 冠一豸

> 爱情是最甜蜜的欢乐，最强烈的痛苦。
>
> ——菲利浦·贝利

一

高一九班的周一，是大家公认的校草，凡是见过他的同学都说他有韩庚的清秀脸庞和马天宇的温暖微笑。郑小凡很不屑，她不认识韩庚，也不知道谁是马天宇。

每天，同桌杨子都会在郑小凡的耳边唠叨周一，听来听去，感觉他是个花心大萝卜。"这样的男生有什么好？帅能当饭吃么？"未等杨子把话说完，郑小凡就中途插播，她最讨厌这样的男生了。郑小凡直言不讳，气得杨子决定几天都不跟她说话。

看杨子背对着自己，郑小凡摇头轻笑，然后趴在桌上继续研究《宋词三百首》，她最喜欢李清照的《醉花阴》。还沉溺在宋词中时，班上的女生突然尖叫起来，郑小凡吓了一跳。抬起头，映入她眼帘的是一张清秀得让所有女生自卑的脸庞。"周一！周一！"叫声不绝于耳。郑小凡皱了皱眉，斜睨着眼看他：这就是传说中的校草周一？模样还挺顺眼的。

被周一叫出教室的女生陆飞宇，看她的高兴样，走路都像是飞过去一般。"花痴！"郑小凡不屑地想，好好一堂自习课，全因为他的出现被搅乱了。"知道吗？陆飞宇和周一是初中同学，她真幸福呀！"杨子凑近郑小凡的耳边轻声说。"羡慕吧？看你口水都快流出来了，呵呵。"郑小凡丝毫不给杨子台阶下，气得她又背过身去。

再翻开《宋词三百首》，郑小凡却一个字也看不进去。她摸着自己脸上零星的青春痘暗想：他脸上怎么就不长几粒痘痘呢？老天爷真是不公平。

二

校草见过了，反正也不认识，就和没见一样。郑小凡根本没有想到，有一天周一居然会去她家。

一个周末的晚上，郑小凡在房间写作业。有人敲门，她跑去打开，表情却僵住了。原来周一和一个中年男人提着大袋的礼品站在她家门口。"你们找谁？"她怯怯地问。

"你是小凡吧，我是你爸爸的朋友，这是我儿子周一。"中年男人说。"周一，这就是我常跟你说的郑小凡，郑伯伯的女儿，你小时候可是抢过她妈妈的奶吃。"中年男人接着说。郑小凡听后，脸上立即红霞飞，她瞥见周一也是脸红耳赤。急忙把客人请进屋，郑小凡忙着倒水，并且打电话到店铺叫老爸回来。从来没有这样心慌过，是因为周一的到来么？

还好店铺离家近，父母十分钟内就可以到家，郑小凡松了一口气。"小凡，听你父亲说你也在一中？"周一的父亲突然问她。"是呀！高一一班。"郑小凡说，手不自觉地摸了摸脸上的青春痘。"你们认识一下，小时候你们……"周一的父亲很健谈，他把以前的事说了出来。原来，周一出生时他的母亲没有奶水，而周一又不肯吃奶粉，直哭，他的母亲没办法，就向同住一个产房的郑小凡的母亲分奶水给孩子喝。郑小凡的母亲奶水来得快而且多，喂饱了郑小凡后就喂周一，一直喂到出院。两家人就这样在医院里结下了深厚的感情，开始几年一直有来往，后来周一的父母调到外地工作才断了联系。一年前，周一的父母再次调回这座城市工作，前些日子他在街上偶遇郑小凡的父亲，他们才再次联系上……

郑小凡听得迷迷糊糊，关系太复杂了，她只记住周一小时候喝过自己母亲的奶水。郑小凡偷偷瞟了周一一眼，见他也正在看自己时，脸涨得通红，而心里却是甜蜜的。

周一的父亲还在说话时，郑小凡的父母回来了。寒暄后，一一落坐。"爸，你们坐吧，我先回房间了。"郑小凡急切地想要离开，每看一眼周一，她都好紧张。

"没礼貌！对了，你的名字还是周叔叔帮着取的，别闹着改。"郑小凡的父亲说。

"她想改什么名呀？"周一的父亲好奇地问。

"郑不凡，呵呵，小丫头心胸大。"郑小凡的母亲笑着说。

"郑不凡？嗯！有气势。"周一的父亲很肯定郑小凡的想法。

"郑小凡，你就是校刊上的作者星期二吧？"周一突然插了一句。

郑小凡听后，不相信地问："你怎么知道是我？"

"刚刚才猜到的，《不同凡响的人生》不就是'郑不凡'吗？只是奇怪，为什么拟用'星期二'作笔名呢?"周一问。

"有什么奇怪呢?你能叫周一,我就不能用星期二吗?"郑小凡说。惹得大家欢笑起来。

<h1 style="text-align:center">三</h1>

"郑小凡,在我去你家之前,你就认识我吗?"第二天放学后,周一在路上等着郑小凡,一见面就问她。

"你说呢?"郑小凡反问一句,脸上挂着高深莫测的笑。

"应该认识,而且感觉得出,你不喜欢我。"周一说。

"校草周一,人帅成绩好,谁不认识呀?"郑小凡酸溜溜地说。

"真不好意思,我原来不认识你。"周一红着脸说。那真的是一张帅气的脸,光洁无暇、白里透红。"对了,我爸说我比你先出生,你得叫我哥。"周一继续说。

郑小凡听后,没作声,心里却暗自欢喜。她没注意到,在她和周一这一路走一路聊时,有多少羡慕的目光在盯着她。在她刚进家门没一会,杨子的电话就打来了。

"郑小凡,你太不够意思了,我和你同桌了那么久,为什么不告诉我周一和你是认识的……"电话里杨子的声音异常激动。

"有病呀!花痴,我只知道他小时候吃过我妈的奶,就这样,别的我也不清楚。"郑小凡说完径自挂了电话,回头一想又觉得不妥,于是抓起电话回拨过去。

"你千万不要到处宣扬,这种事不能让别人知道的,记住啦!要不然你以后连一丁点机会都没有。"郑小凡威胁杨子,她真怕杨子这大嘴巴四

处乱说。

欢喜着自己的小秘密，郑小凡满面春风，走起路来也哼着歌。原来，那么帅的校草周一曾经和自己是那么亲近。虽然是久远以前的事了，但听到周一爸爸说起来时，心里还是被幸福塞得满满的。

郑小凡的成绩一直很好，但以前没有人和她亲近，倒是她和周一放学一起走了一段路后，在班上她突然就成了热门人物，那些女生整日里围着她转，向她打探周一的情况。特别是杨子，那态度可是一百八十度的大转弯，她不仅不会再轻意和郑小凡生气，就算郑小凡说了她什么，她还是一样笑得像盛开的花。

刚开始的几天，郑小凡很享受这种众星捧月的感觉，几天后就觉得烦恼了，她再也没办法安静地研读她的宋词，只能搁置在桌肚里。她慢慢地有点体会到周一的苦恼，那么多女生给她递纸条，他不拒绝还能怎样？看来长得帅苦恼同样多。对比来对比去，郑小凡还是觉得像自己这样长相平凡会快乐一些。

只是他脸上为什么就不长痘痘呢？想到这个问题时，郑小凡就告诉自己，下次一定得问问他，是否有什么秘方？

四

往年郑小凡的生日从来没有请过别的同学。生日嘛，年年都过，就那么回事，反正老妈会煮她爱吃的甜鸡蛋。

但是今年的生日来临前，郑小凡却是开始期待。她知道周一只比她早出生一个小时，杨子可热心了，早早就开始打探她的生日。她知道杨子不是关心自己，而是想知道周一的生日。她偏不说。

没想到郑小凡生日那天晚上，周一和他的父母都来了，还带来了蛋糕和熟菜。郑小凡看着站在客厅里的周一，恍然如梦。在大家举杯畅饮时，电话铃响了。郑小凡接起电话，一听声音就知道是杨子。"我晚上过生日没空，你们自己去玩吧。"郑小凡说完就挂了电话。

一个电话不打紧，只是郑小凡怎么也想不到，过了不到半个小时，杨子居然和班上的十几个女生每人带着两份礼物奔到她家来，把本就不宽敞的客厅塞得满满的。

"你们太热心了，还破费买礼物。"郑小凡的母亲一边安排大家坐，一边说。女儿的生日过了十几年，头一次来了这么多人。

"杨子，你动作可真快呀！带来了什么好礼物呀！"郑小凡忍着怒气问。杨子一看郑小凡满脸愠色，心里发慌，但还是故作镇静地说："我把家里珍藏的《红楼梦》都带来送给你了，我知道你会喜欢的，还有一个音乐盒是送给周一的……"杨子说话时，别的女生也一一把自己手中的礼物摆在桌上。送给郑小凡的无非是书呀、笔记本一类的，送给周一的礼物可就琳琅满目了。

郑小凡的父母见家里来了这么多客人，就和周一的父母一起转移到房间去。周一的父亲还说："你们年轻人好好聊聊，玩好呀！"郑小凡笑着点头，心里却在想：我能玩好么？她们都是来给周一过生日的。

周一坐在客厅，很不自在。这些女生，她只认识郑小凡。但他感觉得到，她们都对他很友善。大人避开后，客厅里可就热闹了，女生们叽叽喳喳说着话，一个个都往周一身边靠。

"喂，你们自觉点，别把周一挤没了。"郑小凡说。

那些女生穿得花枝招展，郑小凡忿忿地暗骂：花痴。脸上还是笑眯眯地说："谢谢大家呀！地方小，大家将就着坐吧。"

"我坐到周一旁边的沙发扶手上吧！"杨子的话才说完，就感觉到郑小凡刀子一般犀利的目光。她嘟着嘴自嘲地笑了笑又说："没关系没关系，我就坐在小凡的旁边吧，谁让我们是同桌呢。"

大家有说有笑，气氛热闹。唯有郑小凡，心里忧伤。

五

"还是和你在一起比较清静。"一次周一这样对郑小凡说。

"是么？"郑小凡反问。她知道自己太平凡了，真怀念那些自己没有任何记忆时在医院产房里和他一起度过的日子呀。郑小凡总会无端遐想，那时候，那么小的他，是什么样子呢？脸上会不会长痘痘呢？一想到这个问题，她立刻问周一。

"我也不知道呀，可能是脸皮厚，长不出来吧！"周一笑着回答。

没得到想要的答案，郑小凡很沮丧，她轻轻摸着自己的脸唉声叹气。

"你这样有什么不好？健健康康的，成绩又好。你是实力派。"周一说。他明白郑小凡的小心思，哪个女孩不希望自己漂亮一点呢？

"你是偶像加实力，多少女孩为你痴狂，连过个生日，我还得沾你的光。"郑小凡喟然长叹。其实，她是想说，你身边的女孩个个漂亮，像我这样的连排队都排不上号。

"你喜欢古典文学？"周一转移了话题。他其实挺喜欢郑小凡的，觉得这个女孩古灵精怪的，很有自己的主见，和她聊天是件开心的事。

"你是说宋词吧，无聊时看看，打发时间。"郑小凡说。她不知道自己怎么了，自从认识周一，知道那些过往后，她就不能自已，总会生闷气，觉得父母应该把她生得漂亮一些，或许这样才配得上周一。

"跟你在一起我很快乐。"周一真诚地说。

郑小凡感觉得出周一的真诚。或许这样也挺好，过往，只是隔岸的风景。

只怪流年暗偷换。那些过往再也回不去了，能够这样看着他，和他说话也算是一种幸福吧，毕竟那么多女生连和他说话的机会也不多。郑小凡安慰自己，心才不会那么痛。

正是冬日晌午，空气透明得一尘不染，人的视线可以到达无限的远方，蓝色的天空玻璃一般。有阳光从枝叶的缝隙透过，洒在两个人身上。

郑小凡仰起头："周一，你和我在一起真的快乐么？

"嗯！我觉得是，我们还吃过同一个母亲的奶水。"周一笑着说。

"你都记得？"郑小凡问，脸儿羞红。望着周一光洁的脸，心里荡漾开幸福的涟漪。

微凉的青春时光有你相伴

▶ 文 / 安一朗

人世间的一切荣华富贵不及一个好朋友。

—— 伏尔泰

一

九中是市里出名的"垃圾学校",我以前根本不屑一顾,然而中考发挥失常,我无缘自己心仪的实验中学,不得不到离家较近的九中。

我的心情就像腊月天没有阳光的午后,萧索、寒冷。父母的长吁短叹更是加剧了我的负罪感,考试前的那段时间,他们悉心照顾我,变着花样给我增加营养,虽然家庭经济拮据,但他们在我身上花钱从来都不皱眉头。

我宁愿父母责骂我几句,这样我也会好受一些,但他们不骂我,只是叹气,让我不知如何是好。漫长的暑假里,每一天我都过得相当煎熬。大把的时间，我不知如何打发，电视是没心情看了，电脑更是无颜去玩，为了减轻内心的焦虑，我向一个亲戚的孩子借了高中的课本自己提前预习。

我以前的成绩不拔尖但也不差，正常发挥是可以考进实中的，也不知道考试时怎么会考得那么烂？没办法，我只能接受现实，重新开始。

进入九中后，我总是郁郁寡欢，没心情与新同学结识。我想好了，我要以"悬梁刺股"般的努力，争取在高中的三年打个翻身战。九中能够考上一本的学生并不多，但我希望我是其中一个。

每天放学后，我并不急着回家，小区附近工地的搅拌机声音实在是烦人，我宁愿留在教室里继续看书写作业或是到校园运动场边上的小树林里背英语单词。

二

认识姜莹那天和往常一样，放学后我就抱着英语书过去，可是我到那儿时，我常坐的石头上已经坐着一个女孩。

女孩背对我，长发披肩，璀璨的霞光仿佛给整个世界抹上了一层温润而明媚的光泽，道道霞光穿过稀疏的树梢，同样也在女孩身上镶上了一层耀眼的光环。我呆立着看傻了，那是一幅美妙的画面，很久后那个画面依然时常浮现在我的脑海。

我愣愣地望着女孩的背影，一个远处飞来的篮球打破了这一切，女孩听到声音转过头，看到我时明显吃了一惊。我把篮球大力抛回球场，冲女孩笑了笑。女孩眉目清秀，她睁着一双好看的眸子望着我。

"你好！打扰了，我也是来这背单词的。"我急着解释，不想被误会。

女孩嫣然一笑，她朝我点点头，没说话。

"我叫游锐敏，一九班的。"我向她介绍自己。我觉得她是一个安静的女生，和我班上的女生完全不一样，她们都爱闹，成天呼朋引伴咋咋呼呼，让人不胜其烦。

"我叫姜莹，姜子牙的姜，晶莹的莹，一二班的。"女孩礼貌地回应我。

姜莹，好美的名字。在九中喜欢读书的学生并不多，我猜想她可能也是中考发挥失常才来这里的。一种同病相怜油然而生，我对她产生了莫名的好感。

毕竟初相识，我不想太唐突，于是各看各书，只是我的思想却无法集中在书本里，我偷偷打量她，思绪飞扬。也不知过了多久，姜莹站起身说："我要走了。"我也跟着站了起来，准备跟她一起回家。

只是我的目光突然就呆住了，长裙飘飘的她，走起路时居然一瘸一拐，我惊讶得差点叫出声。姜莹倒是如常地回头朝我笑了笑，走了，留下失神无措的我。我怎么都没有想到，这个长相姣好的女生居然是个残疾人。

三

周一回到学校，课间操时我们在操场遇见了。我礼貌地向她打了个招呼，她笑了笑算是回应。倒是站在我身旁的同桌在她走后，奇怪地问我："你认识姜莹？"

"你怎么也知道她？"我反问。

"她原来就在九中呀，明明成绩很好，考上了实中，却没去。"同桌说。同桌告诉我，姜莹是九中的学霸，人也长得漂亮，但腿脚不方便，让大家颇感遗憾……听着他絮絮叨叨的叙说，我心里有些难过，为姜莹、为命运对她的不公，小儿麻痹症留下的腿疾将影响她的一生。

傍晚放学后，我像往常一样去小树林背单词，没想到姜莹居然比我早到。我主动过去搭讪，姜莹倒是比我想象的开朗，我问她答，两个人渐渐熟悉起来。

姜莹是个乐观的女生，她爱笑，笑的样子很可爱。她见我总是郁闷不乐，问我是不是有什么心事？犹豫了一阵后，我还是决定告诉她。我在九中过得很不快乐，我觉得这里的学风不好，大家都在混日子，努力读书反倒被人嘲笑……那些压抑在心里的话，我一股脑儿全倒了出来，心里反而轻松了些。

"学习终究都是自己的事，好的环境当然很棒，但当环境不好时，我们就只能更努力，更要学会控制自己的状态。你原来的成绩不错吧，目标应该是实中？"姜莹问我。

我感觉自己的脸在发烫了，我想去实中却没考上，姜莹考上了却没有去。还好姜莹没有注意到我已经涨红的脸，她继续说："下足了功夫，九中也可以创造奇迹的，也许努力三年后，九中就可以以你为荣了。"

"我哪有那么厉害？你还差不多，让九中以你为荣。"我谦虚地说。

"我确实有这么想过。我没有去实中，一方面确实是因为腿脚不方便，而我家又住在九中这里；另一方面我确实是希望九中能够以我为荣……"姜莹娓娓道来，一点都不掩饰自己的雄心壮志。她是这样说，也是这样做的，她通过优异的成绩，一次次为九中带来荣耀。

四

我的努力在班上总会遭到同学的嘲笑，班里一向嚣张的林洋说的话实在是难听，我一时没忍住竟然跟他动起了手。我并不想打架，但事情的发

展由不得我，我和林洋一起被叫到办公室。

"姑丈……"林洋一进办公室就开始向教导主任控诉我。我浑身冰凉，心想这下完了，教导主任是他姑丈，我会不会被记大过呀？

"林洋，你搞什么呀？别人都告诉我了，这次是你先嘲笑游锐敏，又是你先动手的。"在教导主任喋喋不休地教训我们时，一个熟悉的声音响起，我没想到，在这尴尬时刻，姜莹竟然会来。

"表妹，你什么意思呀？我是你表哥，我被人打了，你还帮他说话。"林洋一脸愤然。我听蒙了，表哥、表妹、姑丈？原来姜莹是教导主任的女儿。还好有姜莹一番周旋，事情的结果是我和林洋各写一份检讨书。

对姜莹我一直是充满感激的，倒不是说她"救"了我，也不是说她"大义灭亲"，而是她激起了我学习的热情和昂扬的斗志。就像她说的，既然事情已经如此，何不面对现实，努力三年，让九中以我为荣。

无论自己如何丧气懊悔，我没有考上实中已成事实，我就得安心在九中用更刻苦的行动拼一把。姜莹很希望我能够成为她最强劲的对手，她说有对手的青春才不会寂寞。我相信姜莹的话，也相信她的真诚。

我们一起背英语单词、一起探讨数学难题、一起聊遥远的大学校园。我们之间有说不完的话，面对她盈盈的笑脸，我浑身都充满了劲，再不会轻易向挫折低头。

我的成绩一直和姜莹不相上下，我们稳稳占据了九中的前两名，就是放在实中也是排在前三十名，这是我自己没有想到的事。我没有骄傲，还是一如既往地努力，希望在最后的高考中能有个好结果。我有很多好习惯是和姜莹认识后养成的，受她的影响，我改变了很多，以前的同学说我变得积极乐观了。姜莹也是这样，她说保持努力的状态是个好习惯，无论做什么事，下足了功夫总会有收获。

很多事情并非要刨根问底，一探究竟，就像姜莹说的，未来那么远，谁知道会发生些什么事呢？我们珍惜彼此间的友情，我们一起朝共同的目标努力，这样就够了。

微凉的青春时光里，因为有姜莹这个强劲的对手相伴，我的青春不寂寞、不孤单，也从不敢懈怠。

微信群里来了陌生人

▶ 文 / 安一朗

再没有什么能比人的母亲更为伟大。

——佚名

一

自从开始使用手机微信后，我对自己的朋友圈控制得很严格，除了同学，我只加年纪与我相仿的年轻朋友。我在他们面前可以随意宣泄我对学习、对学校、对老师、对同学的不满情绪，而不必要深思熟虑地去想问题的结果。

我很反感那些整天说教我的长辈，明白他们的良苦用心，但不接受。我的人生路终究要由我自己走过，干嘛他们老想把古老的经验强加于我呢？谁又能代替谁走过一生？真不明白，那些长辈们怎么就不懂这个道理？

那些和我年纪相仿的朋友，他们也喜欢在圈中吐槽，把自己心里不快乐的事、不满的情绪发泄出来。算是同病相怜吧，我们有说不完的共同语言，我们会同仇敌忾地把考试当成共同的"敌人"。

"你们的成绩都很差吧！"一次，在我们聊得热火朝天时，一直安静地待在我朋友圈中的一个陌生朋友说话了。

我吃了一惊，谁呀？敢这样说话。我迅速查了对方的资料，姓名：卢红，年纪：15岁。再看看地址，是同城朋友。我记不清是什么时候加进这个朋友的，是摇出来的还是其他人的朋友圈中加进来的，没印象了。

"你的成绩很好吗？"我愤然地回了一句。

"你谁呀？找抽吧？"

"哪来的野丫头？"

另外几个人也出言不逊地嚷嚷。

"你们怎么可以这样没礼貌地对待一个女生？"卢红说。

屏幕顿时停了，谁也没再发出一句话。也是，几个男生围攻一个女生确实没面子，聊天不欢而散。就在这时，房间门响了，门外传来老妈的声音："小宇，作业写完了吗？""没有呀，还在写。"我说着，赶紧把手机收了起来。

老妈最反感我整天手机不离，随时翻看，她说我整天看手机，不仅影响学习，而且对身体也不好，哪天头都抬不起来了。

二

也不知道从哪一天开始，课间休息时，班上的同学都不到操场走动了，大家坐在教室，人手一台手机，都在低头忙碌个不停。

也有人收到什么好玩好笑的新段子时，会大声喧哗，在教室里朗读，逗得大家笑声一片。"赶紧的，传给我。""也给我，真是太好笑了。"笑声、叫声、喧闹声，响彻整个教室。我也时常把好笑有趣的东西分享给大家，博取众人一笑。

老班在教室里关于手机使用一事已经讲过很多次了，但大家充耳不闻，现在谁能离开手机呢？饭可以不吃，但手机不能不玩。手机不仅仅是玩，还是和朋友保持联络最好的工具。如果有天手机落在家里，那这一天的课就基本上完蛋了，怎么能够静下心来读书呢？

我最喜欢收集各种好笑的段子，没事时会打开页面，一个人欣赏，然后抱着手机自己笑得前俯后仰。班上有个女生，笑声很有特点，像打铃似的，一阵紧接一阵"呵呵，呵呵呵，呵呵呵呵……"连续不断直到笑成岔气。我偷偷把那女生的笑声录了下来，传到朋友圈，顿时我的手机就响个不停。

"谁呀？这笑声够奇葩的。""可以当手机铃声使用了，有趣！"

"太损了吧，应该是一个女孩的笑声，哪能这样弄呢？如果那女孩知道后，还不跟你急？"卢红在我和朋友聊得来劲时，又不合时宜地插了一句。

"卢红小妞，要不你自动退出吧？每次都来打扰我的兴致。"我下了逐客令。也不知道她是谁，更难听的话我没好意思说出来。

"赶我呀？你可是男生，哪能这样对待我呢？我只是好奇嘛，要不你也把音频传给我。"卢红倒也机智，马上附和起我来。她聊了些简单轻松的话后，又突然问了句："你们男生喜欢哪一类型的女生呢？"

"简单的，喜欢笑。"一个朋友先说了。

"漂亮的，还要温柔。成绩不要太好，要不我老被她看不起。"另一个朋友答。

这个问题大家都很喜欢，毕竟十五六岁了，谁会没有自己喜欢的女生呢？只是生活中还是要保持距离，学校里老师看得紧，家里父母也管得严。就像我妈说的，除非考上大学了，我才可以自由地选择女朋友。

"只要不像我妈一样的女生都可以。"我也说了一句。

"你对你妈妈的意见这么大呀？她如果知道了，一定很失望。"卢红说。

"她不会知道的，哪能让她知道呢？"说完，我退了出来，赶紧开始写作业了。学生就是命苦，每天都有写不完的作业，考不完的试。

三

有一段时间了，我感觉老妈有点怪怪的，特别是她看我的眼神，让我觉得不对劲。我仔细想了想，我没犯事呀，学习成绩说不上好，但也没太丢人，我也没惹事，每天过得平平淡淡的，她到底是怎么了？

我偷偷问了老爸，会不会是他招惹老妈了，把气撒到我身上，真是"殃及池鱼"。"没有呀，我们一没吵架、二没打架，一切如常。"老爸说。"那老妈到底是怎么啦？看我的眼神怪怪的，好像要把我吃了。"我夸大其词。

老爸笑了笑，拍拍我的肩膀说："没事的，可能是更年期提前了，多体谅她！"

在老爸这问不出原由，我也就不再追问。老爸是个很随和的人，没什么脾气，也不大管事，每天就是上班，画图纸、跑工地，忙碌又简单地过活。他事事听老妈的，平时也没什么主见。我小时候有点看不起他，觉得

他窝囊，后来倒又觉得他活得简单、率性，很真实。

老妈太过分了，她居然不再帮我洗衣服。有天我要找一件球衣，翻箱倒柜没找着，于是大叫老妈。"叫什么叫？喊那么大声干嘛，我又没耳聋。"老妈好像吃了枪药。

"妈，我的球衣呢？"我继续追问。

"我只是你妈，又不是你的保姆，你的球衣是你的，和我有什么关系呢？"老妈说。

我愣住了，怀疑自己的耳朵是不是出了问题。这是一个老妈说的话吗？我跑到洗衣池看，一大堆的衣服都是我的，在找的球衣也在其中。

"妈，你怎么啦？干嘛这样对我？我做错什么啦？连衣服都不帮我洗？"我郁闷地问。

"我也有自己的工作，凭什么在单位忙完，回家我还要侍候你这位大少爷。以后你的衣服自己洗，别的事也自己做，我累死了。"妈妈喋喋不休。

"怎么啦？妈，我是不是做错什么了，你要这样对我？你还是我妈么？"我生气地质问。她怎么可以这样对我？看她的态度，我感觉事情没那么容易挽回，于是任性地说："自己洗就自己洗，有什么了不起的。"

重重关上房间门，我把自己反锁在里面，心里难过得想哭。

老妈还真做得出来，她居然也不叫我起床了。老爸出差那天，她自己吃饱后就去上班，根本不管我，既没有留早餐，也没叫我起床。第一次迟到，我被老师罚站在教室外，心里气极了。看来老妈真是更年期来临了，说变脸就变脸，连我这个亲儿子都懒得理睬。

四

以前吃过晚饭后，老妈雷打不动的一句话是：赶快进房间写作业。后来她不说了，收拾好厨房后，她拉着老爸陪她到楼下的小区中心跳什么广场舞。老妈的指令老爸从来不敢违抗，他们一走，偌大的家里就剩我一个人。

望着空荡荡的客厅，我心里很失落，竟然莫名地怀念起老妈的责骂和唠叨，她爱我，她才啰嗦我，可是现在，我们已经有半个多月没讲话了。我的事情都得我自己学着做。老妈的强势性格是老爸宠出来的，要她改真没那么容易。

我想试着改变这种状态，但一看到老妈，又马上变了，我的倔脾气遗传自她，看她每天冷脸对我，也就放弃了缓和关系的想法。凭什么就是我主动呀？她是大人、她是我妈，她就应该学着理解我。哪能这样对待自己的儿子？难道我不是她亲生的吗？

我带着这个问题询问了老爸。他笑着拍了拍我的脑袋："你瞎说什么呀？你这个人真是的，你去照照镜子，你哪点不像我们，你这眉头、这额头、还有这脸，特别是你的脾气，哪样不来自我和你妈妈。"

"那她干嘛这样对我？像对阶级敌人一样，郁闷死了。"我哭丧着脸。

"小宇，你是不是惹你妈生气了？如果她不是很生气，失望到极点，她是不会这样对你的。我看得出来，你妈这段日子也不好过，常常唉声叹气。要不你找她好好聊聊，你知道你妈这人好强，不肯低头的。"老爸耐心地做我的工作。

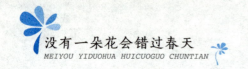
"我没惹她呀，好好的，她就这样对我，就像你说的，她更年期来了，让我不知所措。"

"你是不是觉得她不好呀？你妈这人，你知道的，就是强势了些，别的都挺好的，做事勤快利落，对人也客客气气的，你小的时候要带你，还要上班，她哪样都没落下。"

听完老爸的话，我的脑袋中突然灵光一闪，手机微信。我只在微信中说过老妈的坏话，难道……？我在微信中说的话让老妈知道了？一下又想起手机里的那个"卢红"，她已经取消对我的关注，难道卢红就是我妈？看她说话的语气就像家长，老是指责我和圈里的朋友，这不好那不对的。再仔细想，卢红确实是在那次聊天后就不再出现了。

回房间想了很久，我决定给老妈写封信，我不好意思当面向她道歉，还是写信好一点。我知道是我的话伤害了她的自尊，她爱我，为我操劳，但我的嫌弃伤害了她，让她感觉自己的付出没有意义。

"卢红！卢红！"第二天一早，我起床后，直呼卢红。老妈转过身盯着我。"我知道了，潜伏在我微信中的卢红就是你，对吧？"我问老妈。

"那又怎么样？我特意买的新号码。我只是想知道你平时在手机里都和哪些人聊天，聊些什么？"老妈从容地承认了她就是卢红。

我把信递给老妈，然后匆匆去上学了。那是一封道歉信，我希望老妈能够原谅我。

我爱她，就像她爱我一样。

成长需要一些谎言

▶ 文 / 一路开花

> 爱容易轻信。
>
> ——奥维德

中学时，我曾默默地喜欢过一位文静的女孩儿。当同龄的我们仍徘徊于"江南可采莲，莲叶何田田"等这类大众诗句中时，她早已一去千里，独自写着"春去也，飞红万点愁如海"的伤怀宋词。

她很少言语，即便集体活动出游，也是独自静坐在车厢内遥看风景，或是跟在人潮的欢笑中面无悦色。我一直觉得她是孤独的，因为那个年纪的我清楚地懂得，倘若没有人来理会自己，那再美的风景，也只能是极度了无生趣的旅程和乏味的打发。

有那么几次，我鼓足了勇气放慢脚步，渐然移至人后与她并肩而行。我想悄悄地与她说上那么几句话，在那漫山的苍翠和花红中。可要用什么来开头呢？可绝不能让她觉得我心存轻薄或是毫无内涵。

崎岖的山路上，我思索了许久。流光散漫，夏花惊绽，微凉的风将我的头发吹拂。我佯装侧赏风景，一次次偏头，偷看她的一颦一笑。

最后当我无从决定，欲抽身上前时，她主动开口与我搭讪了："喂，听说你会弹钢琴？"她站在一丛茂盛的野草旁怔怔地看着我，等待回答。我刹那间气血翻涌，呼吸急促。

"嗯，六岁开始学的。"我冲着她笑笑。

"真好，我喜欢，但不会。什么时候你到学校琴房弹一段给我们听吧！"她全然不像在开玩笑，可我们指的是她和谁？

正当我迷惑时，她悠然解释道"下周一不是有音乐课吗？到时你上去露一手吧！"

之后几天，我争分夺秒地练习技法，生怕那短短的几分钟会让她有所失望。

周一的音乐课上，当老师问班上哪位同学有这方面特长时，我自告奋勇奔台而去。她坐在后排，把巴掌拍得通红脆响。

毫无疑问，那天我出尽了风头。课后她径直朝我走来，说我的琴声感动了她。我不语，还有什么赞美之言比这句话更似和煦暖风呢？

再后来，我与她成了无话不谈的好朋友。第一时间分享着她内心的喜悦和忧伤，第一时间看她的诗句，第一时间感受她的内心所感。我想过向她表白，可回头盘算，表白了又能怎样？不也是维持着这样波澜不惊的校园生活吗？再者万一失败了，那将意味着我和她的关系从此瓦解，两不相干。

我把这份早熟的情愫暗暗珍藏着，像她将自己内心的喜悦忧伤珍藏到诗句里一般，将所有的青涩思念，莫明欢欣都全然隐匿在漂浮的琴声中。

离别如期而至。毕业晚会上，她身着洁白的连衣裙，在一片惊呼和掌声中向我致谢。她说，我是她唯一的朋友，谢谢我这些年无怨无悔地容忍着她的小错误。

我咕噜咕噜喝了两杯啤酒，苦笑着朝角落里走去。她永远也不会明白，我的无怨无悔并不是因为我的开怀和大度，而是因为我喜欢她，那么热烈而又无奈地喜欢着她。

当夜，兴许是离别的缘故，我将积蓄多年的情感向她倾吐。在灯光凌乱的琴房内，我们都知道，不论结果怎样，都将会天各一方。

沉默像一张让人沉湎的嘴巴，吞噬着我们奔腾不绝的泪水。最后她吸了吸鼻子说，我以后会遇到更好的女孩儿，会更加大方地容忍着她的坏脾气，会弹一段又一段更为优美的旋律给她听。

我流着泪，拍着钢琴键，忧伤地看着她的眼睛说："自你以后，我再不会为任何女孩儿弹琴了！"

记忆中，直至高考录取之后的临行前，我都未曾触碰过屋内那架棕色钢琴。它安然地躺在那儿，落满了灰尘。

时光辗转。两年之后，我在大学开始了另一段刻骨铭心的恋情。将那个写得一首好诗、多愁善感、易流泪的她忘得一干二净。偶然翻开同学录，或看到曾有历经的场景才会恍然想起，我的生命里曾有她居住的痕迹。

那时的我以为，年少的她会在我的心里住上短暂而又漫长的一生，让我思念，让我感怀。可当我再度触摸冰凉的黑白键，彻夜苦练，为另外一个女孩儿准备一首生日曲目时，我终于明白，那时的山盟诺言，就像电视剧中的经典温情谎言一般，虽感人肺腑，却极易支离破碎。

不过，成长需要这样的谎言来给予感动和温暖，助其丰满。

总要路过那些荒凉

▶ 文 / 一路开花

> 爱情是自由自在的，而自由自在的爱情是最真切的。
>
> ——丁尼生

朋友举臂绕过我的后背，在我的腰上狠狠地掐了一把："快看，快看，她就是我说的那人！漂亮吧？"

我一面将刚买的包子拼命往嘴巴里塞，一面迷茫地朝他所指的方向望去。豁然，阴沉的视线中闪出一抹动人的粉红，幽静地，极有分寸地立在那儿。喧闹的人群中，她是那么独特与别致，像一件稀世的艺术品，一颗寂寞的朱砂痣。

"哪儿有？不漂亮啊。"我鼓着嘴巴，大口大口咽着包子，说着言不由衷的话。

"嘿，看不出来啊，你小子长得不咋地，眼光还挺高！"朋友嬉笑着，重重地拍了拍我的肩膀。

其实，那时的我就是那样。别人说好的东西，我非得说不好，别人所喜欢的，即便心中很是中意，也不会悦于面色。譬如，他们都在争先恐后地看青春小说之时，我明明很想看，却故意买了一本《论语》瞎翻；譬如，他们都在谈论周杰伦的新专辑，我明明最先悄悄听过，却还要做出一副不屑的神情，继续嚷嚷着肖斯塔科维奇的《列宁格勒交响曲》。

有太多的譬如夹杂在年轻的生命里，让我对一切旁人所追逐的潮流望而止步。

瓢泼的雨将我困在清冷的走廊上，一帮哀怨的少年站在楼下，碎碎地聊着今日琐事。一抬头，她凑巧闯入了我的视线；和一群坏男孩在食堂的角落里围成一圈，吧嗒吧嗒地几人抢抽一支劣质香烟，有人恶作剧地说，老师来了！老师来了！我迅速压腕将烟头藏在衣袖深处，举目四望，她又是那么凑巧地闯入了我的视线；课间广播操，我躲在教室里睡觉被教导主任发现，罚站到广场上，当着全校学生做一遍，我耷拉着头，尴尬地用余光扫过人流，刚想逃跑，她又闯入了我的视线……

我不知道她的名字。但仿佛从那一遇之后，便总是会不经意地碰上她。有时我真想勇敢地跑上去，靠近她的耳旁说那么一句，嗨，这世界真小！

但这个勇敢的机会，一直一直没有落到我的身上。我想了很多经典对白来应付她回眸之后的话语，甚至将她可能要做出的行为细细罗列出几十个种类，再一一想出对策。

这个看似无聊的构想，实质让我获得了无限快乐。从未怀过这样一种微妙的情愫，能有那么一件事，让生来性急的我如此心甘情愿地为之坚持。

又是一个阴雨蒙蒙的早晨。她独自淋着小雨，甩开头发，洒脱地在校园小道上悠然前行。我快步上前，举着伞，铁定了心要在她的身旁停下，为她遮挡那些阴凉的雨丝。

撩人的风硬得可怕，将我的头发吹乱，雨伞吹歪。结果我还是在她身旁停下了，原因是一阵急风过境，我的伞沿勾住了她的毛线外套。

我合上雨伞，站在清幽的雨中，焦急地解着被伞沿勾住的毛线。那一个清早，我前所未有地忧伤。她看着那团因为用力过猛而扯起来的疙瘩，愤恨地说，你真是个野蛮小子！

我想自己真是野蛮的，要不怎会直到现在都没有一个女孩喜欢过我呢？所有坏孩子的品质我都一无所失地全然占据了。抽烟、喝酒、打架、旷课，没有一样不是我的专利。

当晚，我做了一个离谱到让自己都感到不安的决定——好好学习，成为一名优秀的学生。于是我的苦读生涯就这么悄然开始了。尽管进步的涟漪微弱到几近没有，可我仍旧坚持着。我知道此时唯一能让她认识我的方法，便是突破年级前十，让所有老师赞不绝口，以此作为所有差生的表率。

几百个日夜之后，我的名字终于稳稳地坐在了那个风尖浪口，众人虎视眈眈的位置。老师诧异，同学惊羡。

后来得知她的芳名时，大吃一惊，那不就是成绩排行榜上稳坐第一的字眼吗？

又一夏末，高考的风暴已经缓缓平息。我和她双双被推选为优秀毕业生，在新一届的开学典礼上发表讲话。后台经历过无数类似场面的我，不知为何竟是一片慌乱。原本牢记的台词，忽然在脑海中没了踪影。

她对着镜子理了理乌黑的马尾，微笑着问："嗨，你真厉害，高考成绩比我多了整整十分。奇怪，为何之前就没发现学校藏有这么一位理科高手呢？"

"你没见过我？"我险些把眼睛瞪得掉落在地。

"没有啊！难不成你见过我？呵呵。"

霎时，有暖风如利剑一般刺进我的胸口，硬生生地疼痛中，拉开一片时光割据的荒芜。几百个日夜的付出，仍旧无法在她心中挤出一块栖身之地。甚至她压根就不曾记得我，即便自己曾在一个阴雨蒙蒙的早晨小心翼翼地跟在她的身后，并鲁莽地将其心爱的毛衣扯破。

那一场演讲我前所未有地镇定，表现异常出色。因为终于明白，有些荒凉，年轻的我们总要去经历。

温柔雨夜，你会想起谁

▶ 文／阿杜

> 在情谊方面，世界好像是一个小商贩，它只能把情谊零星地出售。
>
> ——罗曼·罗兰

一

詹婧是我最好的朋友，虽说不是亲姐妹，但我们的关系却比亲姐妹还好。有同学逗乐我们同穿一条裤子时，我们不约而同地回答："是呀，还嫌裤管太大呢。"说着，笑成一堆。

喜欢和詹婧在一块，她也是这样。她曾对我说，一天见不到我就会想念。寒暑假时为了能够见面，我们都央求父母帮我们报相同的学习班。我们一起学舞蹈，一块练琴。

詹婧很有舞蹈天赋，为了练一个高难度动作，她总是不辞辛苦，练得汗流浃背。其实我对舞蹈没有太大的兴趣，但因为詹婧喜欢，所以就爱屋及乌。

我和詹婧之间有说不完的小秘密，我们常常头靠在一起，任乌黑的长发交缠，我们低声细语，诉说着零零碎碎的话。她的快乐就是我的快乐，我的烦恼就是她的烦恼，我们不分彼此。

我们都曾以为，我们会一辈子在一起。一起看偶像剧时，看着剧中帅气逼人的男主角，我们约定，长大后要找一对这样帅的双胞胎兄弟当男朋友，这样结婚了也不用分开。我们一起憧憬未来，兴奋得又蹦又跳。

二

上了初中后，虽然我们不再同班，但一下课，不是我去找她，就是她来找我。我们的教室在长长走廊的两端，但这点距离算什么呢？我们常常在走廊中间相遇，然后相视一笑，倚着栏杆，手紧挽在一起，讲各自班上发生的趣事，笑得合不拢嘴，即使只是一块儿去卫生间，我们也有说不完的话。

我们都长高了，特别是詹婧，越发的漂亮。舞蹈老师说詹婧就是为跳舞而生的，她悟性好，身材条件也出类拔萃。一群跳舞的女孩中，唯有她能让人眼前一亮。舞蹈中的詹婧就像只翩跹的蝴蝶，举手投足都风情曼妙。

我为詹婧高兴，却又渐渐地厌烦跳舞。其实一直以来，我都不那么热衷于跳舞，只因为詹婧喜欢，而我想跟她在一块，也就跟着学了。学舞蹈很辛苦，那些别人学几遍就会跳的动作，我却总是记不住要领。在跳舞时，我很不自信，也得不到快乐。我很矛盾，我想做自己真正喜欢做的

事，但又不想离开詹婧。

见我郁闷不乐时，詹婧问我怎么了？我不敢告诉她实话，因为我曾对她说过，无论做什么事，我们都要一块。我隐藏起自己的不快乐，还是天天陪着她一起学舞蹈。但我的眼神出卖了我，时不时的思绪游离让舞蹈老师大为光火，她说："你既然都不喜欢跳舞，就不要勉强自己。"老师说得对，但我却没勇气承认，我怕詹婧不高兴。

"你是不是有什么想法，可以告诉我吗？"休息时，詹婧把我拉到角落问到。我看着她关切的眼神，不知如何开口。其实我想告诉她："我不想跳舞了，这不是我的兴趣。"可是我怎么说呢？

"好朋友不是该坦诚相待吗？有什么事说出来，我们一起解决。"詹婧鼓励我。"我，我不想再跳舞了，我喜欢看书、写作……"我支吾其词，但我在詹婧的眼中，看见了一抹稍纵即逝的黯淡。她看着我问："你真的不喜欢跳舞？那为什么练了这么多年？陪我吗？"

我不敢看她，只默认地点点头。"那真难为你了。"詹婧说完后，转身离开。我坐在墙角，顿觉自己被一层厚厚的孤单包围。

三

我觉得自己背叛了詹婧，年少时为了友谊，我曾信誓旦旦地对她说过，我要和她一起考舞蹈学院。她一直都以为我是喜欢跳舞的，但当我突然告诉她，我喜欢看书写作，跳舞只是为了陪她时，她不知要如何面对我。她说，这样的陪伴让她有负罪感。

没有争吵，我们却渐渐疏远了。下课后，我们站在走廊的两端遥望，不知要不要走过去。她的身边有新同学陪伴，而我的身边也有其他人，我们张望着却又假装看不见对方。我猜想，她也是和我一样吧，不知面对面时，第一句话该怎么开口。

有一天在操场跑道上四目相对时，我正鼓起勇气，想叫声她的名字，她却被她的同学一把拉开了，她们手牵手奔跑着与我擦肩而过。我回过头看她，她也回头了，只是我们都没再开口。望着她离开的身影，我的泪莫名滑落。我们怎么了？为什么会变成这样？

她的身影在我的教室窗口出现过几次，我知道她一定是来找我的，但在我犹豫时，又一闪而过了，等我走出教室，她已经不见了。知道她来找我，我心里雀跃起来，放学后到教学楼的路口等她。可是她出来时，被一群女生围着，正兴高采烈地谈论学校即将要举行的舞蹈比赛。可能是聊得正欢吧，她没看见我。

悻悻离开，我委屈得像被这个世界抛弃。舞蹈大赛就像是为詹婧举办的，她在舞台上出尽了风头，所有人都在夸奖她，说她是落入凡间的舞蹈精灵。密匝匝的人群中，我看着聚光灯下一脸笑容的詹婧，心里酸涩。

我却从不后悔，那些跟詹婧一起度过的跳舞时光，虽然我不爱跳舞，但那段记忆却是鲜活而美好的。

四

我疯狂地迷恋上写作，把郁积在心中快要爆炸的情感渲泄出来。我把自己想对詹婧说的话都蕴藏到故事中，那些一起走过的日子，那些欢笑或落泪的时刻，我都记忆犹新。

只是那些文章还没变成铅字时，詹婧却先来找我了。她是来告别的，她说她要去新西兰，他们全家移民过去。这个消息来得太突然了，我根本

反应不过来，直到她抱住我时，我才惊觉自己早已泪流满面。詹婧也哭了，她说对不起，直到最后才鼓起勇气来跟我道别。

我想送她，却没有送成。她离开那天，我去外地参加一场全国性的现场作文大赛。想着离别的画面，想着以后再也见不到詹婧，我在比赛现场流着泪写我们之间的故事，写那些平凡琐碎却令人温暖和难忘的点点滴滴。

比赛回家后，我收到了詹婧临上飞机前，从机场寄给我的信。她在信中向我道歉，说她为了面子，没勇气接受我去跳舞是为了陪她这事，心里有很深的负罪感，觉得自己耽误了我太多时间。原本我们都可以在自己喜欢的事情上各自努力，但她从没问过我喜欢的事，理所当然地觉得，她喜欢的，也一定是我喜欢的……我告诉詹婧，这不是她的错。虽然我不爱跳舞却坚持学了几年舞蹈，但这是我自己的决定。

我的比赛作文《温柔雨夜，你会想起谁》获得了第二名，我把这个消息发微信告诉詹婧时，她调皮地问我，你会想起谁呢？我知道，她一定懂的。

我把那些已经变成铅字的写着我们故事的文章邮寄给她后，她给我打来了电话，她说："以后我们都要做自己喜欢的事，再不要迁就对方了，知道吗？要不，我会为此难过。""好，我知道了。就是想你时，见不到你，会很痛苦。"我说。

在电话中，我们倾诉着，一会哭一会笑，一切又回到了最初。只是，隔着远远的电波。

五

窗外的雨下个不停，我躺在床上，关灯，却了无睡意。不远处，不知谁家在放音乐"因为爱着你的爱，因为梦着你的梦……所以快乐着你的快乐，追逐着你的追逐"。

一首很老的歌曲，我听着、听着，就想到了詹婧，想起那些遥远的往事，泪突然就涌出眼眶，不是伤感是怀念。在我们还没经历过浓烈的爱情之前，亲密无间的友情就是我们生命中最重要的情感依靠。

我想那时候，因为我们关系好，所以詹婧喜欢的我也喜欢，她追逐的我也追逐，就像歌里唱的那样。如果时光可以重来，我还有机会再次选择，或许我依旧会因为她喜欢跳舞，我也选择去跳舞，即使只是为了陪在她身边。

我又想她了，不知她在做什么，于是拿起手机给她发了条微信：你那里下雨了吗？我们这正在下雨，窗外的夜，好黑。

"是吗？温柔雨夜，你想谁了？"詹婧回了句。

"你说呢？"

把手机放回床头时，我不自觉地笑了起来，脑海中是詹婧盈盈的笑脸。夜里，我又做梦了，梦见詹婧，她在舞台上像一只翩跹的蝴蝶……

我的花期迟迟开放

▶ 文 / 安一心

> 所谓友谊，首先是诚恳，是批评同志的错误。
>
> —— 奥斯特洛夫斯基

一

十四岁的时候，我还是个身体单薄、个头不高的女孩，和同龄女生日渐凸显女性特征的身体相比，我总感觉自己像根"麦秆儿"。

班上嘴毒的男生直接叫我"搓衣板"，气得我追着他们满校园跑。原先我留短发，喜欢和男生一块玩，穿着宽大校服的我，往往都会被别人当成男生。在过去我根本不在乎，像男生就像男生，有什么呢？可是当我注意到其他女生都变得和过去不一样时，我开始羡慕了，也开始不喜欢像"假小子"的自己。

班上的男生原先都挺喜欢和我玩，和我称兄道弟，可是后来，我发现他们看那些变得愈加漂亮起来的女生时，那眼神和看我时完全不一样，我就觉得不是滋味。更过分的是，他们后来干脆忽略掉我，评选班花时，连提都不提我。怎么说，我也长得眉清目秀，比很多他们眼中的班花好看，可是没有一个人推荐我。我毛遂自荐时，同桌吕明还对我说："雨欣，你就算了，长得也不像女的，我们只当你是好兄弟。"我小小的自尊心被打击得七零八落。

我变得沉默了，也没什么不开心的事，就是郁闷不想说话。我渐渐和那群男生断绝来往，太生气了，居然忘了我也是一个女生，也是需要别人赞美的，可是他们除了嘲笑我，就只会惹我生气。特别是同桌吕明，竟然敢说我"长得也不像女的"，这是什么话？

吕明再找我说话，我眼睛一瞟，看都不想再看他一眼。这家伙，还想伸手像过去一样拍拍我的肩膀时，我往后一缩，一本正经地说："男女授受不亲，请自重。"看他一脸羞红时，我就觉得大快人心。

二

我怎么就不长呢？体育课上，看着那群女生骄傲地脱掉外套，昂首挺胸站在队伍中时，我就特别自卑。我偷偷地打量众男生评选出来的班花如玉，只见她面色红润，身材婀娜，海藻般的黑发柔顺飘逸，举手投足间充满了万种风情，不要说男生，连我都看呆了。

如玉跑步时，胸前像揣了两只小兔子，一群男生目不转睛地盯着看。我低头看了眼自己毫无动静的前胸，心烦意乱地大叫："看什么看？没见过美女呀？"一群男生"嘘"声一片，大笑着跑开。

我想哭，太烦恼了，我怎么就不像别的女生一样呢？思前想后，我决

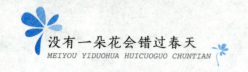
定向如玉取取经，长成她那样多好，走路都雄纠纠气昂昂的，一副目不斜视的架子。

在以前，我可是不会主动与如玉搭话的，觉得她是个矫揉造作的女生，成绩也一般，哪像我性格干脆利落、说话掷地有声、行动风风火火、成绩也遥遥领先。可是我现在有求于如玉，于是放下身段，诚心诚意与她交朋友。

我的主动示好如玉很意外，她欣喜地对我说："雨欣，你真的愿意和我做朋友？"

"我们都是女生，当然要对女同胞好一点，那群男生就算了，没一个有良心的。"我愤愤地说，最后还是忍住没说出我痛恨他们的原因。

为了表示我的诚意，我还向老班申请调整位置，调到和如玉同桌。如玉是个很爱美的女生，对穿衣打扮、涂脂抹粉有种天然的本事，她的眼光很好，经过她的一翻调教，我对服装、小饰品也由衷地喜欢上了，并且有一翻自己的见解。

我学着如玉留长头发，学着她的一颦一笑。我不再大声说话、不再咧嘴大笑、不再与男生追逐打闹。一段时间后，我感觉自己越来越像个女生了。

可是吕明竟然逗乐我："雨欣，你男扮女装呀？你这东施效颦的效果怎么这么别扭呢？我还是觉得你原来的样子舒服一些。"

我涨红脸恼怒地嚷："滚一边去，本小姐今天心情不好。"

这可恶的家伙，他居然说我"男扮女装"，还说我"东施效颦"，什么意思嘛。我明明就是一个柔弱的美少女。为此事我一个月没再搭理吕明。

三

学习上的事，我从来不敢掉以轻心，我可不想长漂亮后被大家说成是"花瓶"。我的目标是成为"智慧与美貌并存的女生"，这样的女生比比皆是，我的榜样很多。

我的改变让老爸欣喜若狂，他激动地说："女儿，你越来越像你妈妈了，真好！"

我们家目前就三个人，爷爷、爸爸还有我。奶奶和妈妈都因病走了，我又没有姑姑、姨姨，所以从小到大，我都是一副男孩子样，爸爸觉得这样好打理，但当我长大后，爸爸又觉得我该像个女生。

日子有条不紊地过着。我和如玉成了形影不离的好朋友，我教她解难题、教她学习方法，在我的帮助下，她的成绩稳步上升。

如玉对我的影响也是深远的，她教会了我很多女生应该知道的事，教会我把自己最美的一面展现出来。我们有了新的共同认识：女生不仅要长得漂亮，成绩也要漂亮。

我们把这一共同认识在众女生中推广，得到一致拥护。我们除了时常相邀着去逛小饰品店外，更多的时间是在一起学习。我们的变化得到老班的大力表扬，就连那群男生也开始用敬仰的目光看我们。

有一天洗澡时，我突然注意到自己的身体变得和过去不一样了，心里充溢着满满的骄傲。我也是可以和别的女生一样的，一点不差。我美美地穿上漂亮的长裙，在镜子前照了一遍又一遍，镜子中是一个长发飘飘，容颜俏丽的女生。

吕明开始一次次来向我示好，我根本不想搭理他，虽然他之前的伤害，我已经原谅他了，但我还是不想和过去一样被他当成"男生"。

"雨欣，你知道吗？你现在的样子很美。"如玉微笑地对我说。

我臭美地点点头，应道："我知道，其实我以前也很美，只是花期迟迟开放而已。"

四

我也被众男生评选为"班花"，和如玉并列，可我突然觉得那些男生好无聊。虽然我们女生也在暗中评选"班草"，但从来不公开，毕竟是女生嘛，矜持是种美。

"雨欣，你是不是还在生我的气？这么久了一直不理我。"有一天，当吕明再一次拦住我，问我时，我呆了一下，然后嫣然一笑，说："你猜呢？"

"一定是，你以前从不生气的。"吕明说得一脸委屈。

"逗你玩的，傻瓜！"我看吕明有些忧伤的眼睛，大笑起来。

"你逗我？"吕明说着，急了，想来抓我。

"慢！"我伸长手挡在吕明面前，正经地说："男女授受不亲，我们不能再像过去一样拉拉扯扯了，成何体统？"

吕明红着脸挠挠脑袋说："对不起！我习惯把你当成好兄弟了。"

"拜托！你不要再打着'好兄弟'的幌子来接近我，我可什么都明白着呢，这是如玉告诉我的，我现在可是美少女一枚。"

我的一番话再次把吕明说得面红耳赤。

如玉见我和吕明聊得热闹，凑过来说："聊什么机密呢？这么诡异。"然后一眼看见吕明涨红的脸，不怀好意地笑了起来。

看见如玉意味深长的笑，我的脸也红了，推了下如玉的肩说："你笑什么呢？这么阴险，我们可正经着呢？是好朋友，以前是，以后也是。"

"不用解释，解释就是掩饰。"如玉坏坏地嚷。

我扑过去，捂住她的嘴："不准笑。"

如玉却更是笑得花枝乱颤，我只好搂着她，跟着开怀大笑起来。

悻悻站在边上的吕明，不知我们为何而笑，却也跟着傻呵呵地笑起来，更是逗得我和如玉一直笑不停。

我和如玉都是成长中的女孩，我们喜欢漂亮，喜欢被男生关注，当然我们也喜欢关注男生，但我们都知道要注意分寸。我迟迟开放的花期，并没有影响我成长为一个受人欢迎的漂亮女生。

我的老师很"麻辣"

▶ 文／罗光太

> 在金秋的硕果园里，硕果累累离不开耕耘者心的浇灌。
>
> ——佚名

初识"麻辣"老师

"麻辣"老师姓上官，名美丽，是我初二时的班主任。

第一次上她的课时，铃声刚过，一个身穿红白相间运动服，头发烫成大波浪的高大身影就迈进了教室。身高175cm，体重165斤的庞然大物，确实只能用"高大"来形容了。上官老师一进教室，立即鸦雀无声，大家睁大眼睛好奇地打量着她。

她放下备课本，环视教室一圈后，中气十足地说："从今天开始，我就是你们的班主任了，我希望大家能够配合我，自然我也会配合好大家……"说着，她在黑板上写下龙飞凤舞的四个大字：上官美丽。

　　"我就是上官美丽，你们可以叫我上官老师，也可以叫我美丽老师。"
她在说话时，底下有同学忍不住笑出了声，这笑声会感染，一会儿工夫，
全班同学都哄堂大笑起来。我以为这下惨了，上官老师定会勃然大怒。果
不其然，她严肃地看着我们，说："笑够了吗？你们是觉得我不能姓'上官'
还是不能叫'美丽'？名字是父母取的，有什么好笑？虽然我已是中年妇
女，我的孩子已经读大学，但'美丽'这个名字还是得跟我一辈子……"

　　上官老师真不愧为学校的"麻辣"教师，第一堂课，她就以强大的气
场镇住大家，不仅三言两语就为自己摆脱窘境，而且我还感受到她巧舌如
簧的"麻辣语言"的魅力。她让我们自报家门，听到一些奇怪的名字时，
也会恶作剧般逗乐一番，在我们的哄笑中，她又会即时为正面红耳赤的当
事者挽回面子，让我们既好笑又好气。

　　我们都笑了她，她也把我们好好嘲弄了一回。最后她说："你们记住
了，千万不能当我的面叫我'胖老师'，我会发飙的，私底下叫，只要我
没听到就算了……"上官老师讲个滔滔不绝，下课铃声早已响过。

　　看到窗户外人来人往的，她惊讶地问："下课了吗？人都在走廊
了？""早下课了，上官老师。"我们异口同声。"太投入，都忘了时间。那
我们也下课，要不又说我'第一节课就开始拖'，去吧，该上哪上哪。"说
完，上官老师屁股一扭，走出教室。

罚跑操场

　　以前的老师都当我是"宝"，我在班上是享有"特权"的，毕竟我总
考年级第一名的成绩，又不会违反纪律，就算上课思想开小差，体育课不
上躲在教室看书，他们也都会破例应允。可是我没想到，上官老师居然会
惩罚我。

　　一天上课时，她点名让我回答问题，我当时正思绪游离。她又叫了一声，我还是没反应，直到同桌捅了捅我，我才慢一拍地扭过头来看她。"你想什么呢？外星人什么时候会进攻地球？"她问。"未来的某一天里。"我正经地说。我的话把大家逗乐了，她也忍俊不禁，说："你真是个活宝！""这不是你问的问题吗？"我气愤地质问，被众人嘲笑我很没面子。

　　"你的思想走得可真远，什么马可以追上呢？"她问。我这才知道，她在嘲弄我，于是生气地说："驷马难追。""如此决绝？""嗯。"我应声后，低下头不再看她。

　　放学的铃声已经响了，别班的学生都涌到走廊，她还是没有放过我的意思。我把头扭到一边，一副对抗到底的架式。"有点脾气，不过小宇，你明白你伤害了我吗？"她走到我的身旁说。"我伤害你？明明是你伤害我。"我执拗地争辩。"你看，你又在违背师训，让我很没面子，我现在要罚你跑两圈操场。"她说。"跑不动。"我不看她。班上的同学却是屏住呼吸盯着我们，想看看谁能赢得最后的胜利。

　　"因为你很聪明，因为你总考第一名，所以你不把老师放在眼里？老师的惩罚你也不愿意接受？"她说这话时，目不转睛地盯着我。我愣了一下，我的情况她都懂，难道是故意刁难我？于是说："你作弄我在先，还要罚我跑操场，不公平。""那你想如何？如何才公平？""除非你陪我一起跑。"我故意说。明知道她胖，跑两圈下来，她受得了吗？

　　"我陪你一起跑？"她一脸不相信的表情。她没想到，她要惩罚的学生，居然敢跟她提条件。她眼睛眨了眨，却是答应了，但随即也提了条件，那就是：上课不许再走神，放学后要去操场跑两圈才能回家。"你提了两个条件。""跑不跑？""你跟我一起跑，我就跑。"我思忖后说。"行！君子一言。""驷马难追。"我答应她了。

　　我想算计她，却万万没想到，正好上了她的道，她罚我跑操场，原本是想让我加强运动，她已经听了很多老师讲，我成绩好却最怕运动，所以使出这招，但没想到我会"咬"着她，让她陪跑。灵机一动她却将计就计，她居然把我当成免费的陪跑员了。她一直想减肥、想运动，却苦于难坚持，拉上我后，互相监督，她没有理由不继续。

作文竞赛

省里每年都会举行一次"中学生现场作文竞赛"，丰厚的奖金吸引了众多参与者。只是参赛人数有限，把关严格，并非你想去就能去。要先参加校际的作文比赛，获得第一名的学生才有资格代表学校去参赛。

我对这项赛事从不寄期望，虽然奖金诱人，但学校的老师不那么看好我的作文。班上一个叫林琳的女生，她每次的考试作文分都比我高。知道自己没什么希望，参加校际选拔赛时，我反倒是放开了，洋洋洒洒地一挥而就。

只是让我想不到的是，这篇充满个人情绪和观点的文章居然获得了唯一的第一名。我很意外，林琳却是异常难过。

林琳找到上官老师，眼圈红红地质问："我的作文向来比小宇好，为什么这次他得第一名了？""向来比他好并不代表每一次都比他好，我是就文论文。"上官老师说。

"我都听说了，其他老师都看好我的作文，只有你力荐他，你偏心。"林琳说着眼泪就"啪嗒"落下来了。

"第一，先把眼泪收起来；第二，你的作文确实写得不错，中规中矩的，但没有自己的思想，观点都是大众化的，而小宇的呢……"上官老师侃侃而谈。

林琳听不进去，她固执地争辩："我怎么就没有自己的思想了？我不

就总成绩比他差一点，他成绩好不代表他有思想，更不代表他作文写得比我好……"

滔滔不绝的上官老师面对林琳的伶牙俐齿，一时愣住了。我正巧经过时，听到她们正如火如荼地争辩。偶然听到她们提到了我的名字，一时好奇心起，躲在角落听个究竟。

听到上官老师说我有思想、有独特的观点，我真是心花怒放，特别是我知道她力排众议推荐我的文章时，我心里莫名感动，一时觉得她是知音，竟然能够读懂我，满心欢喜。能不能去比赛我不在乎，但被欣赏，还是让我飘飘然起来。

林琳没有说服上官老师后，就去找她当副校长的老爹。我猜想，这下上官老师应该顶不住了，毕竟副校长出面，她说什么也得给点面子。然而出乎我的意料，最后去比赛的人依旧是我。

那个过程我没亲眼目睹，但我想，上官老师应该是口若悬河，力挽狂澜，充分发挥她"又麻又辣"的语言天赋才可能说服副校长，顶着压力保全我去省里参加作文比赛。心里有满满的感激，但我说不出口，最后只能以第一名的比赛成绩回报她的认可。

我从不偏袒谁

班上的同学都在说，上官老师偏袒我，觉得我成绩好就样样好，她和以前的其他老师没什么区别。也有同学说，我是老师的"专职陪跑员"，这点实惠还是可以得到的……

流言蜚语让我颇不自在，我不是以第一名的成绩向大家证明我的实力了吗？还有那么多的说辞，想想心里就郁闷，于是又到放学跑操场的时间时，我第一次爽约了。

　　第二天一早，上官老师就把我叫出教室，她劈头盖脸地就是一顿吼："你昨天怎么没来跑步？其他同学都来了，唯独缺了你。""不想跑。"我垂着头说。"把头抬起来，看着我的眼睛，难道我很不好看吗？"她咄咄逼人。

　　我不想和她争辩，于是低声说："没有。""没有就看着我，年纪轻轻的就像霜打过的茄子。"她说。停了一会，她又接着说："不就有几句闲话，你就受不了了？我都好好的，你有什么可难受的？你不是已经用实力证明了我的判断嘛，这是件值得高兴的事。明确告诉你吧，我从不偏袒谁，力荐你，和你的成绩无关，单单就是那篇作文打动我，觉得你不错。"

　　"可是别人不这么想，他们说我是你的陪跑员……"我依旧情绪低落。

　　"别人怎么想是别人的事，我管不着，我更在乎你是怎么想的。陪跑员？到底是我陪你还是你陪我呀？就算陪跑员又怎么啦？你看看，现在我们班放学后跑操场蔚然成风，有什么不好……今天再放'鸽子'，看我怎么抽你。"上官老师又一次絮絮叨叨，深一句，浅一句，把她"麻辣"的一面展现得淋漓尽致。

　　"老师不许抽学生的。"在她说得兴致勃勃时，我轻声应了句，没想到，她耳朵那么灵，马上应道："抽是不能抽，但我可以惩罚你。罚你跑操场，去不去？"

　　"去！"上官老师的一番开导后，我已豁然开朗，什么流言、什么蜚语都见鬼去吧。就像上官老师说的，人得有自己的想法，这才叫"个性"。

　　其实在上官老师眼中，学生没有好与坏之分，只有努力和不努力的学生。她对我说过，我是个很有天分的学生，但一直不够努力。如果我能够早些找到自己的方向，朝着目标足够努力的话，我就能抵达自己的人生顶峰。

　　我相信她说的话，她是"麻辣"老师嘛，她的率直、她的不做作、她的长期陪跑让我打心底地认可她。

第三辑

Chapter Three

Weimei
Yuedu

唯美阅读

谁人知晓童非宇

▶ 文 / 冠一豸

> 友谊的本质在于原谅他人的小错。
>
> —— 大卫·史多瑞

童非宇调来和我同桌时，我暗呼"命苦"。虽然才转学到这个班没几个月，但我已经看见童非宇调整了好几次座位。真搞不懂他是怎么样一个人？每一任同桌和他坐了不到半个月，定会向老师强烈要求调换位置，说再也不愿意和他同桌了，就连班长李若彬也受不了他。

仅从外表看，实在看不出童非宇和其他男生有什么区别。中等个、黑皮肤，长相普通，往人堆里一扔，就再也分辨不出他来。男生贪玩，上课捣乱、爱逗女生，这些小毛病好像他都不会。可是大家宁愿和一个学习成绩特别差的同学同桌，也不愿意与他坐在一块，究竟是什么原因呢？我偷偷去询问了几个他原来的同桌，没有人告诉我，就连班长李若彬也神秘兮兮地说："有些事，只可意会，不可言传。自己体会过了就知道。"

怀着忐忑不安的心情，我开始了与童非宇的同桌生涯。他把东西搬过来时，一堆零乱的书往桌面上一扔，就大大咧咧地拉开凳子一屁股坐下，顺势就往我身上靠。我小心翼翼地挪了挪位置，尽量与他拉开距离，但一股浓郁的怪味道还是伴随着他的到来直往我鼻孔里钻。我不由自主地皱起了眉，正想伸手捂住鼻子，却注意到童非宇正目不转睛地盯着我，一脸似笑非笑的表情，看得我一阵紧张，脸却倏地涨得通红。

我怎么会脸红呢？该脸红的人应该是他呀，我有些懊恼自己的表现，第一个回合，我不战而败。

童非宇坐下后，很夸张地舒展懒腰，扭扭脖子，他的手在我面前直晃荡，然后旁若无人地趴在桌子上，霸占了三分之二的桌面。我瞟了他一眼，觉得这男生怪怪的，有点故意惹我生气的意思。思忖片刻，我伸出手指捅了捅他的手臂，示意他挪过去。

"烦！"他头也不抬地嘟囔了一句。

"坐好！"我小声却是严厉地啐道。

什么人？大清早才来学校，就像条虫似地趴在桌子上，一点朝气都没有。他依旧趴着，身体却是挪了过去。我不屑地噘噘嘴冷哼一声，想在我面前霸道可没那么容易。我虽然初来乍到，但我经历过多次转学，早习惯和新同学打交道。而且我观察到，他在班上根本没有朋友，平时鲜有人与他说话。

我也不想跟他有任何接触，但凡他趴在桌子上影响我写字时，就用手指捅捅他，连话也懒得跟他说。我听同学说了，童非宇很霸道的，他不讲理，是个蛮横的野小子，而且他的废话又特别多，只要与他关系稍好，说上几次话后，他就会顺竿而上，缠住你有事没事就找你聊天，让人烦不胜烦。

还有个同学告诉我，童非宇比我早半年转学进来的，他是农民工子弟，父母都在附近的菜市场帮人杀鸡宰鸭，他每天放学后也去帮忙，身上尽是怪味道。

"真搞不懂我们学校为什么什么人都收？"同学愤然地说。然后突然醒悟似地补充一句："不好意思，我不是说你，只是说童非宇。"我笑笑，表示无所谓。

只是在我得知童非宇是农民工子弟后，对他却莫名地产生一种亲近感。我也是农民工子弟，虽然目前我的父母已经在这里买了房。我的父母进城打工早，曾经也流离颠沛，辗转在各个城市，但通过多年的努力打拼，如今他们已经在这座对他们来说有深远意义的城市买了房，有了自己的店铺和工厂。他们出入有车、穿戴整齐，走在人群中和城里人已经没什么区别，但我始终都记得我是农民工的孩子，我并不为此自卑。只是那种被人排斥和伤害的痛楚，我明白。

我开始主动找童非宇说话。一开始，他一脸惊讶的看着我，以为我什么地方不对劲。毕竟我是女生，大家眼中漂亮的女生。但童非宇看懂了我的真诚，从他神采飞扬的表情上，我能够感受到他内心的喜悦。他确实话多，一说起来就滔滔不绝口若悬河，或许他是太久没这么尽兴地说话了。他一直被班上的同学排斥，因为他那破旧、不合体的衣服，还有时常乱糟糟的头发，更主要的是他身上的那股子恶臭味。童非宇一直都懂别人不喜欢他，所以他才会用"霸道"的方式去处理问题，以为这样就不会被人欺负。

和童非宇熟悉后，我觉得他其实是个很不错的人。他乐观，不仅能言善辩，而且风趣幽默，只是在这之前，没有人愿意了解他。

童非宇的成绩不好，特别是英语，次次考试都不及格。英语老师有次发试卷时，气乎乎地说："童非宇，你的脑袋被门夹过吗？居然能考出 19 分来？"童非宇在同学的哄笑声中脸涨得通红，他咬着嘴唇隐忍不言。但我却是看不下去了，腾地站起身说："老师，你要收回你刚才的话，并且向童非宇同学道歉，你怎么可以这样批评他呢？你了解他的情况吗？"老师听完我的话，愣了一下，然后生气地质问我："你是谁？这样对老师说话。"班上的同学也都一脸疑惑地望着我，更多的是在看热闹吧。童非宇用脚轻轻踢了我一下，暗示我不要再说了。但我依旧对视老师的眼睛说："作为老师，你觉得可以这样伤害学生吗？即使他成绩不好。"英语老师恼羞成怒，他摔了书本。我倔强地站着，童非宇急急地站起来，低声说："老师，对不起！我会努力的。"英语老师不依不饶，他不上课了。

事情的最后是老师出面解决的，英语老师最终还是向童非宇道歉了，但童非宇也向老师保证，一定会认真学习。童非宇很感激我，他说："看不出来，你一身侠骨柔情。"我笑而不语。那以后，我感觉得出来，童非宇是真心把我当成好朋友了。

童非宇在农村读书时，三天打渔、两天晒网，基础薄弱。转学到城里后，他跟不上老师的进度，又没人愿意帮他，当然，他自己也有责任，放任自由、得过且过。他告诉我，其实他也不想这样过，心里空空的，觉得自己挺没用。

"不是还有我吗？你现在肯开始努力学习也来得及。"我笑着对他说。我的成绩还不错，帮助你还是可以的。童非宇认真地盯着我的眼睛，好一阵后才说："你不会是同情我吧？"

"怎么会呢？我们互相帮助，同桌嘛。"我说。

我还告诉童非宇我也是农民工子弟的身份，他当时睁大眼睛，一脸诧异地说："怎么可能？你不会是取笑我吧？还是为了不伤我自尊故意骗

我？""伤你自尊？你觉得农民工子弟这个身份会伤你自尊？"我气愤地说。我告诉他，人的出身无法选择，就连皇帝也还有乞丐出身的，但我们可以通过自己的努力改变人生……那天，我很激动，说了一大堆。说给他听，其实也是说给自己听。

我从不为自己的农民工子弟这个身份卑微，因为我相信：任何人只要付出了足够的努力，定能让自己的生活有所改变，至少也可以让自己过得更充实和精彩吧。

童非宇看我说得激动，愣住了，半晌，他认真地对我说："你说得对，一语惊醒梦中人！以后我也要像你说的这么做，向你学习。""学什么习？一起努力吧，从现在就开始，不要等以后了，要知道'明日复明日，明日何其多'。"我说。看他的表情，我知道他会改变自己的。

童非宇是个有悟性的人，他一直缺的只是别人的鼓励和一个明确的目标，一旦他找到了前进的动力，我相信他一定会变得很不一样。因为他是个懂事的男生，他能够体谅父母的艰辛并且主动去帮忙。单单这一点，就足够让我尊敬。这不正是我们许多人身上都缺失的品德么？我交定童非宇这个好朋友了。

希望被风沙搁浅

▶ 文 / 安一朗

> 要结识朋友，自己得先是个朋友。
>
> ——哈伯德

一

燥热的蝉鸣高一声低一声，夹杂着远处建筑工地"轰隆隆"的搅拌机声音，充斥着欧小鸥的耳朵。空气似乎凝固了，连一丝风也没有，窗帘有气无力地耷拉着。

欧小鸥心烦意乱地躺在床上，仰望着头顶白色的天花板，目光忧伤而荒芜。他怎么也想不通，自己居然会以一分之差无缘一中。他是年级尖子生，成绩名列前茅，所有老师都很看好他，就连他自己也是胜券在握。或许是太自满而疏忽大意吧，欧小鸥想，惨淡的脸上写满了失落和懊悔。

欧小鸥家住在市一中附近。还在小学时，每天看着戴着校徽的市一中

的哥哥姐姐一脸自信地进进出出，他就心生羡慕并暗下决心，将来一定要考进这所全市最好的中学。只是在欧小鸥小学毕业那年，市一中不再招初中部学生，改办为完全高中部学校。那年的小学毕业生第一次按片区划分就近入读。知道这个消息时，欧小鸥心里有小小的遗憾，不过很快就释怀了，心里再次定下自己的目标。初中三年，欧小鸥一直努力着，自信而从容。晚上看书写作业累了，他就伫立在窗前，眺望着不远处灯火通明的一中教学大楼，他坚信自己有一天一定可以置身其中。

欧小鸥翻来覆去怎么也无法让自己平静下来，窗外炽热的阳光晃得眼睛生疼，心里仿佛搁了块小石头，让他难受。他跳下床，赤足在房间走过来走过去，嘴里念念有词。站在窗前，他倦倦地望着窗外，繁荣的街市却宛若一片空茫的未来。突然，他伸手狠狠地拉扯自己的头发，身子却不由慢慢地弯下去，趴在窗台。他不敢再看那熟悉的一中教学大楼，那是他的向往，却无法抵达。心在痛，有若虫噬。

二

市二中在城市的最西边。欧小鸥每天早上都要在市一中校门前等公交车。刚开始的几次，他心里慌慌又惶惶的，有一种想要逃离的感觉。特别是上车前遇见以前的老同学，他就尴尬，当他们叫他"老班长"时，他就无地自容，恨不得挖个地洞钻进去。

在二中，欧小鸥一反常态，换了个人似的，开朗活泼的他变得沉默寡言，与同学也不交往，每天形单影只来去匆匆。

欧小鸥的反常让韩宝乐很担心，特别是听以前的老同学讲，欧小鸥不仅严严实实地把自己包裹起来，还变得消极、颓废。韩宝乐是欧小鸥在初中时最好的同学，不仅同桌、还是相声搭档。自从接到录取通知书后，韩宝乐就去找过欧小鸥，但他避而不见。

韩宝乐明白欧小鸥的心情，也了解他不想见面的原因。欧小鸥的成绩一向比自己好，现在是自己考上了一中，而他居然以一分之差去了二中，他不仅不甘心还有不服气。见面注定是尴尬，面对劝解或是劝慰只有徒增烦恼。但韩宝乐就是想见欧小鸥一面，有一肚子话要说。

终于见到欧小鸥时，情况比韩宝乐预料的还坏。欧小鸥不仅不正眼看他，连话也懒得说。"小鸥！"韩宝乐欲言又止，"为什么不理我？""我哪高攀得上？"欧小鸥冷哼一声。"如果是你上了一中，而我去二中，你才觉得是理所当然，你才会开心？对么？心眼真小，你原来不是这样的人。"韩宝乐说。"是呀，我很虚伪，一切都是装出来的。现在明白了，满意吧！"欧小鸥一脸愤世嫉俗的表情，他还很不耐烦地下了逐客令："你走吧，以后不要再来找我，我实在不想看见你。""凭什么这样对我？你心情不好就可以这样无理吗？"韩宝乐气呼呼地说，但看见欧小鸥伤心的眼神，他又停止了，他没有走，赖在欧小鸥的房间径自打开电脑。以前，他到欧小鸥家就像在自己家。

打开网页，韩宝乐点开了音乐网站。他们都是超级女生的忠实歌迷，最喜欢超女许飞。许飞的歌他们爱听，特别是那首《我最响亮》。当时看见许飞在决赛中6进5被淘汰时，他们两个大男孩跟着电视屏幕上许许多多的"飞碟"一起流泪。

如水的音乐缓缓流淌着，许飞淳厚、沉稳的嗓音在空气里荡漾开层层涟漪，她那不失张扬又不失甜美的天生音色仿佛一只温柔的手，在不觉中轻抚着，熨平心中的累累伤痕。"灯光和火花一起闪亮，也亮不过我的梦想，我旅途的开场，我沿路的徽章，风沙搁浅的希望……"

　　"许飞不是还在继续努力么？你为什么就放弃？这次，只是希望被风沙搁浅而已。"韩宝乐说。"我没放弃，只是……"欧小鸥争辩着。"青春不言失败！我们还有很多机会证明自己。许飞没有放弃，你也不能。"韩宝乐说。说着，就笑了起来，他想起这话原来是欧小鸥劝慰他的，那次他的语文考砸了，而欧小鸥却是班上第一。

　　欧小鸥倚在窗前，头耷拉着，颓废的样子像株没有生机的植物。韩宝乐看着心里有些疼。"振作点！"看着欧小鸥黯淡的眼神，韩宝乐小心翼翼地，生怕不小心会刺伤他。

　　能说会道的韩宝乐面对忧伤且沮丧的欧小鸥词穷，他不知说什么比较合适。说重了，怕在他受伤的心扉里再撒上一把盐；说轻了，他又听不进去。以前，都是欧小鸥开导他，每次在他失败时，快没信心时，给他打气，做他的思想工作。

　　两人一齐陷入沉默，屋内只有许飞舒缓的歌声在飞扬。"你给我梦想，我勇敢向前闯……"

　　终要告别。韩宝乐没有再劝解，他想欧小鸥会明白的，许飞的歌声已把一切说明。

<h1 style="text-align:center">三</h1>

　　欧小鸥依旧常常一个人关在房间里，有时听歌、有时看许飞决赛中的录像带，思绪如云。他又怎么会放弃？他的大学梦还有很长的一段路，只是暂时的失败让他无地自容，让他不知怎么安置自己的心情。

　　欧小鸥的书桌上有一个原木相框，里面是两张青春而充满朝气的脸。那是毕业前和韩宝乐在学校的合影。韩宝乐看到照片时还乐着说他们俩就像两株茂盛的狗尾巴草。看着照片，想着韩宝乐，想着每次他们面红耳赤针锋相对的那些事，欧小鸥的心渐渐温润起来。收拾好自己的心情，欧小鸥深深地吸了一口气。

夜深时，辗转反侧的欧小鸥会躺在被窝里打手机给韩宝乐，一听见他嘟喃着呓语般的声音时就笑。"小欧，是我，怎么了？"韩宝乐说。"没什么，只是提醒你该起来尿尿了。别的没事，再见！"欧小鸥说完大笑着挂了电话，他知道韩宝乐一定还睡眼惺忪地握着手机。欧小鸥喜欢这样作弄韩宝乐，他感觉很亲切，这是他表达自己友谊的一种方式。韩宝乐抗议过，抗议无效，只得接受。偶尔，韩宝乐也会效仿一次，让正在梦乡的欧小鸥睡意全无，几次以后，欧小鸥就再也不敢恣意骚扰他了。

能开这样的玩笑后，韩宝乐就安心了。他知道欧小鸥还是原来的欧小鸥，他又振作起来了，被风沙搁浅的希望再次起航。确实，在二中欧小鸥不再故作沉默，他一如从前，快乐的笑容又漾在脸上。

其实，最初知道欧小鸥差一中录取线一分时，欧小鸥的父母是想花高价把他弄进一中的，但欧小鸥不愿意，他年青的自尊心比天还高，怎么肯让父母为自己做这样的事。

四

一天，去到学校，校门左边的消息栏前围满了人。

欧小鸥也挤进去看，原来是"全市中学生英语口语竞赛"的消息。身边的同学吵吵嚷嚷、有的跃跃欲试、有的撇撇嘴直摇头。欧小鸥挤在人群中，心里酝酿开了。他的英语很好，口语更是不错，就连在北京外国语学院读书的表姐都夸他发音纯正。想着证明自己的机会到了，欧小鸥喜不自

禁地大叫一声："耶——"

在众人的侧目下，他红着脸赶紧撤退。

"用不着这么夸张吧？还'耶——'真受不了。""能不能参加比赛都不知道，高兴什么？新生。"两个高年级女生不满地嘀咕。

欧小鸥难为情地跑开了，脸涨得通红，但心里是快乐的。管别人说什么，我一定得参加。欧小鸥想，他习惯性地仰起头看看天空，脸上自信满满。

才一会功夫，包里的手机就响了。

是韩宝乐的电话。

"怎么样？有信心参加么？"韩宝乐开门见山。

"废话！有什么不敢？难道你忘了，我老爹可是留过洋的，而且是在美国。"欧小鸥得意地说。

"一言为定，我们都报名吧，争取在学校的海选中脱颖而出，这样我们才有机会在决赛中PK。"韩宝乐说。

"但愿那时还有你！哈哈哈！"欧小鸥大笑。

进到教室，同学都在议论竞赛的事。欧小鸥没有参与，他知道说的好不如做的好，他希望来个"一鸣惊人"。同桌询问他是否会参加比赛时，他故弄玄虚地皱眉沉思，一副高深莫测的样子。"神经搭错了？"同桌见他这样子直来气。欧小鸥宽容地笑了笑说："参不参赛由不得我，先得选拔呀。"

那堂政治课，他一直盯着老师说个不停的嘴巴，目不转睛，思绪却飘到了九霄云外。好不容易等到下课铃响，他第一个冲出去，找英语老师报名。

五

报名人数众多，经过几轮 PK，欧小鸥终于入围学校前三甲，可以代表二中到市里参加现场英语口语竞赛。

临近比赛的前几天，欧小鸥又开始担心起自己来，这种惶恐来得莫名，他找到韩宝乐说出了自己的慌乱。

"呵呵！你这人真是的，怕什么？你的自信都哪去了？"

"害怕失败呀，赛场高手如林。"

"害怕失败？我看你像惊弓之鸟，要不干脆自动退出比赛好了。"韩宝乐直言。

"退出比赛？这怎么可以？我努力了那么久。"欧小鸥说。一直以来他都挺自信的，但中考的落败，让他对自己没有太多信心。

韩宝乐瞥了欧小鸥一眼，轻摇着头，静默了一阵才说："没什么的，只是一场比赛而已，权当检查一下自己的口语水平。再说你已经在学校脱颖而出了，证明你很优秀、有实力。在赛场上，说不定我们俩会有一场 PK 哟！"韩宝乐不得不转变口吻，看见欧小鸥这个样子，他心里很难受。他很怀念以前的欧小鸥，虽然那时有点狂妄，但毕竟是自信满满的。或许，他只是希望得到一些鼓励吧。

俩人信步走进中山公园，在一处凉亭歇脚。夕阳的缕缕霞光穿越凉亭前大榕树稀疏的叶隙，洒满一地斑驳，也映照在他们青春的脸庞上。公园有些破落，但极有规模。如茵的草地上，很多孩子在跳跃、奔跑、嬉戏，欢笑声此起彼伏。

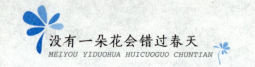

欧小鸥一直在不停地说话，说比赛万一输了怎么办？说万一临场发挥失误了怎么办？夸张的表情和喋喋不休让韩宝乐很为难也很头晕。他不应该是这样的，只不过是一次竞赛，努力了就可以，有必要这么担心么？韩宝乐不敢直说，怕欧小鸥伤心。他静静地望着草地上一对年轻的父母正耐心地教着蹒跚学步的孩子走路。孩子能有一岁吧，小小的个子，走起路来东倒西歪，才几步就摔倒了。年轻的父亲跑过去，鼓励孩子自己站起来，再继续走。孩子撑着地爬起来时，对着自己的父亲直乐，笑着又摇摇晃晃地往前走。孩子灿烂的笑靥像一朵盛开的花儿，美美的，赏心悦目。韩宝乐看得入神，心里一片温润。

"你说话呀，韩宝乐。是不是很烦我？"欧小鸥问。

"没有！小鸥，你看那孩子，他在学走路。"韩宝乐说。

"孩子学走路？"欧小鸥纳闷地重复，目光朝着韩宝乐指的方向望去。

看着蹒跚学步的孩子，欧小鸥静默了，他不再说话，一直看着。聪慧的他，一下明白了韩宝乐想说而没有说出的话。

谁的成功不是经过一次又一次失败、跌倒，然后自己爬起来，继续前进。当希望被风沙搁浅时，我们能够做的就是更加努力。成功从来都不是偶然的，但努力却是必然。过多的担心只是庸人自扰，最终只能作茧自缚。

六

"全市中学生英语口语竞赛"的现场如火如荼，可以容纳两千人的电影院挤满了人。选手们都是全市各个学校选拔出来的佼佼者，个个口若悬河，讲得抑扬顿挫。

坐在人群中，欧小鸥的心又开始慌乱，再过一会就轮到他上台了。坐着的他可以听见自己心跳"卟咚！卟咚！"地响，如鹿撞。

坐直，深深地吸了一口气，欧小鸥尽量控制住自己狂跳不已的心。韩宝乐坐在离欧小鸥不远的后排，因为现场气氛的渲染，他的心也莫名慌乱起来，真是"高手如林"呀。

欧小鸥临上场时，韩宝乐已经跑到他的身边来，"加油！"韩宝乐拍拍他的肩膀说。"嗯！尽力而为。"欧小鸥自信地走上舞台。

舞台上的欧小鸥表现得稳重大方，他演讲了一个故事片段。话音未落，掌声雷动。鞠躬感谢时，他在人群中寻找到了韩宝乐赞赏的目光。回到台下，两个人伸手击掌，然后紧紧拥抱在一起。结果已经不重要了，能够把自己最优秀的一面表现出来就没有遗憾。

韩宝乐的表现也很出色，但在这高手云集的比赛中，他和欧小鸥最终都没有进入决赛。

走出赛场，站在电影院的门口，两人相对而视。良久，韩宝乐问："小鸥失望吗？会不会难过？""失望——不会，难过——一点点，不过，没关系，我尽力而为了。"欧小鸥平静地说，嘴角还露出一抹笑意。"我也是！"韩宝乐挤眉弄眼地说，逗得欧小鸥大笑。

穿行在城市拥挤的街巷，他们异口同声地唱起了许飞的歌："灯光和火花一起闪亮，也亮不过我的梦想，我旅途的开场，我沿路的徽章，风沙搁浅的希望……被淋湿的翅膀，才拥有穿越过那暴风雨的力量……"

歌声如雨，洒满了悠长的街巷。

夏琪和游勇的故事

▶ 文／萍萍

> 很多显得像朋友的人其实不是朋友，而很多是朋友的并不显得像朋友。
>
> ——德谟克里特

意外惊喜

升上高中的第一堂课，老师让大家做一下自我介绍。

夏琪正和同桌娟子窃窃私语时，突然听到一个男生站在讲台前，掷地有声地说："大家好！我叫游勇，我爱下棋……"

夏琪愣怔了一下，抬头瞟了男生一眼，挺帅的黑皮肤男孩，眉毛那么浓，心跳不由加快，脸莫名涨红。但想了想后，随即释然，男生喜欢"下棋"，此"下棋"非彼"夏琪"。夏琪想着不由笑了出来，其他同学也在男生自我介绍后嘻嘻哈哈笑起来。

后桌的男生调皮地大声嚷："这也太明目张胆了吧？公开表白呀？其实我也爱下棋。"

喧闹声四起，老师赶紧控制形势，让大家静一静。

"你们认识？老同学？表白得够直接的。"娟子又凑过来说。

夏琪红着脸解释："你误会了，他喜欢的是'下棋'，不是我。"说着，还动手比划了一个下棋的动作后，娟子装作恍然大悟，但她那声意味深长的"哦"颇让人遐思。

就在游勇上台前，夏琪自我介绍时她对大家说，她叫夏琪，她喜欢游泳。没想到才过了几个人，就有男生自我介绍，说自己就叫"游勇"，而且爱"下棋"，这样的巧合，在平淡、重复的学习生涯中该引起多少有趣的风波呢？

心事涌动

刚开学的几天里，班上热闹极了。大家都是从不同中学升上来的，彼此陌生，但年轻嘛，正是个性张扬的年纪，很快就熟悉起来。

"我爱下棋，我也喜欢游泳，你呢？"后桌的男生找娟子聊天。

"我爱游泳，我也喜欢下棋，我都喜欢，都爱。"娟子乐呵呵地说。

娟子是个乐天派，整天笑不拢嘴。她拉住夏琪的手，装模作样地说："我叫'游泳'，我爱下棋……"然后完全失控地大笑起来。

夏琪无语，她有些恼怒地瞪了娟子一眼说："好啦，竟然拿我的名字开玩笑，最后一次。"然后又回头对后桌说："最后一次开这个玩笑，以后再说，我可真生气了。"

夏琪是个敏感的女孩，大家刚开这个玩笑时，她曾偷偷观察过游勇几

次，每次他都一本正经地捧着书本或是皱着眉头想问题，对大家的玩笑话充耳不闻，他根本都没打量过自己……敏感的女孩都有一颗骄傲的心。

夏琪长相普通，瘦瘦高高的，以前的同学曾逗乐她是"不长肉的玉米杆"，她也不擅长打扮自己，每天都穿着毫无特色也无美感的校服，往人堆里一站就分辨不出来了。

可是再普通，夏琪终究是个花季女生，她对游勇的"充耳不闻"还是感到愤怒。他有什么了不起呢？如果不是因为名字莫名"被牵连"，我才懒得注意你。夏琪在心里愤愤地想，她的目光有意无意地总会停留在左边靠窗的游勇身上。他的头发又黑又浓密，他皱眉的样子那么酷，嘴角不自觉地勾勒出一道好看的弧线。

惊觉自己在想游勇时，夏琪总是很恼怒，她反感自己"自作多情"。夏琪的成绩很好，她是以全市第五名的成绩考上龙高的，她有远大的理想，她不允许自己"早恋"。她听娟子说，游勇的成绩一般，刚刚达到龙高的分数线。

"成绩也不怎么样？装什么勤奋呢？"夏琪想着，不由撇撇嘴，瞥了游勇一眼，决定再也不理睬他了，也不允许别人再拿她的名字开玩笑。

偶见游勇

季节转换，夏琪又习惯性地感冒了几天。她一直觉得奇怪，自己瘦归瘦，但体质还是不错的，平时也没什么毛病，但一到季节转换，总得感冒一场。

以往感冒几天，不用吃什么药，只要多喝点凉白开病就会好，但这次有点严重，连着四五天了，不仅没好，反而整个人昏沉沉的，头痛欲裂。

父母忙着商场的事，周末时夏琪自己去了医院。

打完针，夏琪去药房取药时，她突然在医院来来往往的人群中看见了一个熟悉的背影。那个身影她太熟悉了，每天在学校，她都会让目光不由自主地停留。

游勇在医院干吗？他生病了？夏琪好奇地猜想。不会呀，看他精神挺好的，体育课时他在篮球场上生龙活虎的，一点生病的迹象都没有……那他来医院干吗？

夏琪好奇地跟了过去，游勇出了门诊部径直去了住院部，他家人住院吗？

夏琪犹豫了好一会后，突然叫了声："游勇。"

正急匆匆往住院部大厅走的游勇听到叫声后，转回了头，看见夏琪，他一脸吃惊。

"你怎么在医院？生病了吗？"游勇关切地问。

"我正想问你呢？我感冒了，来拿点药。"夏琪如实说。

已经同学几个月了，游勇很少和班上的同学交往，他每天都是来去匆匆，更不曾和隔得比较远的夏琪说过话，但因为名字的"被牵连"，彼此还是认识。夏琪不内敛、也不外向，跟同学的关系还算融洽。只是上了高中，她再也找不到过去那种"独占鳌头"的优越感，心里有些失落。当然，她也注意到，踩着切分线进来的游勇，其实很有潜力。

"哦，我爸在楼上住院，我来陪他，刚才出去买点东西。"游勇落落大方。

"你爸住院了？"夏琪面对游勇的坦然，反倒不知说什么好了。

"嗯，我上楼了，你回去吧。"游勇说着，转身就要走。

"我可以上楼去看看你爸吗？"

夏琪不知道自己怎么会说出这句话，她和游勇不熟悉，只是同学而已。游勇的表情有些吃惊，他确实觉得意外，平时都没说过话的夏琪要跟他上楼看望他爸爸？

望着夏琪，确认了她的表情和眼神后，游勇同意了。

进到病房，夏琪望着正在酣睡的游勇爸爸，发觉游勇的模样跟他爸好像，俩父子就像从一个模子里刻出来的一样，只是一个青春，一个中年。

游勇的故事

走出病房，游勇伫立在窗口，望着蔚蓝的天空说："我爸住院都是因为我。"

夏琪不明白是怎么回事，她站在游勇背后，愣愣地望着游勇说："是人总会生病的，怎么能怪你呢？这种自责没道理。"

游勇苦笑了一下，说："我爸是被我气病的……"

原来游勇初中时是个特别淘气的孩子，每天总在外面玩，人晒得黑不溜秋，成绩更是惨不忍睹。他爸说他，他就顶嘴。一次、两次，他爸也懒得说他了。但后来因为踢足球，与其他球队的人发生冲突，打了起来。教练批评了他，队员们也觉得是他太冲动，把小事变成大事，害大家跟他一起受罚。被人排挤，游勇的火爆脾气又炸了，他再次与队内成员发生冲突，最后被教练开除球队……

成绩不好、打架斗殴，游勇爸火冒三丈。当他第三次被老师请到学校时，他忍不住当众打了游勇一记耳光。游勇何时曾受过这种"四面楚歌"的局面，再加上在众人面前被老爸揍，面子上挂不住，他跳着脚和他爸争吵。

都在气愤中，游勇口不择言，和他爸推搡起来，而且句句话都尤如针尖麦芒，直戳他爸心窝。游勇爸从来没有想过俩父子居然会发生这样"丢人现眼"的事，一时气急攻心，昏死过去……

"去到医院，经过医生的及时抢救，爸爸倒是脱离了危险，然而在他从医院回来后的几天里，有一次由于精神恍惚，他开车时错把油门当刹车造成追尾，整辆车子撞上了一辆卡车后面，撞得很严重，车子坏了，他的双腿都被卡住……他在医院住了很久，但也只保住了一条腿……再过一段时间就可以出院了。"游勇说。

听着游勇的话，夏琪惊讶得哑口无言。怎么会这样呢？发生了这么严重的事，他爸能原谅他吗？游勇以前真的很混蛋呀。

夏琪正想询问时，游勇又说了："我爸当时很生我的气，有半年时间都不搭理我，还好我妈没有放弃我，她一直给我鼓劲。我妈说，男子汉既然做错了，就得有勇气承认，并且改正……我知道其实爸爸发生这么多事，妈妈也生我的气，但她知道，发生这一系列的事后，我已经被吓坏了……妈妈原谅了我，我的老师也没放弃我，他们鼓励我，找我谈心、交流，让我有勇气承认自己的错误，有勇气从零开始……虽然我是踩着分数线进龙高的，但老爸还是为此高兴了很久，终于是原谅了我……"

夏琪的日记

夏琪从医院回家后，仍旧在想着游勇说的话，她终于是明白了踩着切分线进龙高的游勇为什么会那样努力，因为游勇知道，唯有用好成绩才能弥补老爸心头的创伤。

每一个家长，哪个不希望自己的孩子成绩好呢？

夏琪不得而知。

就夏琪自己的情况而言，她觉得她的父母倒不是很在意她的成绩，银行卡上数字的增大可能更让他们兴奋和在乎吧？夏琪这样想时，心里禁不住有些哀怨起来。

从小学开始，夏琪自己上学下学，中午吃饭店。和父母同桌吃饭的次数算都算得清楚。父母很忙，他们一人经营一家商场，除了给钱外很少有时间陪伴。

父母给夏琪买了很多漂亮的服装，但夏琪很少穿，她宁愿套着宽大的毫无美感的校服，也不喜欢穿得花枝招展。夏琪和父母是完全不同的，钱这个东西在她眼中就像"纸"一样，她一直有些看不起自己的父母，觉得他们是金钱的奴隶，整个人生都在追逐金钱，追逐银行卡上数字的增大，这样的人生有什么意义呢？

夏琪一直想不明白，她的父母即使只是共同经营一家商场，她家的日子也很富裕，有什么必要一人经营一家呢？所谓的家就像旅店，一点温馨的感觉都没有。

夏琪其实还挺羡慕游勇的，至少他的父母是关爱他的，在他犯下那么大的错误后，他的家人都没有放弃他……被人关怀的感觉多好呀，哪像自己，生病了还得一个人去医院，每天在家只有影子相伴。

躺在宽大的床上，望着天花板荧亮的灯，夏琪思绪起伏，她想着自己的父母，也想着游勇还有他的父母，虽然他曾经那么混，但他改好了，他努力学习考到好分数，爸爸就会高兴，他的努力那么有意义……

夏琪索性爬起来，摁亮台灯，坐在窗边的写字桌前，从抽屉掏出搁置已久的日记本，颇有感受地写道：我们都在努力，都希望考个好分数。游勇努力是因为他想弥补，他想让爸爸妈妈高兴，而我努力学习的原因那么说不出口。我只是不想以后像父母那样，成为金钱的奴隶；我这么努力学习，就是想离开家，离父母远远的，考到很远的城市学习，然后在外地工作，再也不回来。我希望考个很高的分数，这样就会有很多的选择，而不必受到分数的制约……相比较游勇，我觉得自己好自私，可是我的父母不一样自私？他们爱钱远胜过爱我。

搁下笔，夏琪愣神地坐了很久，望着窗外幽暗的夜色，夜色中闪烁的灯火辉煌的城市，眼眶渐渐濡湿。有那么一刻，她觉得自己是懂游勇的。

我们一起奔跑吧

夏琪自从在医院遇见游勇，他们有过那么一次深入的交流后，彼此的关系突然就变得微妙起来。在班上他们交流并不多，但彼此眼神的对视，仿佛都看到对方心里了。

游勇比过去更努力了，虽然他是踩着切分线进校的，但经过半年的潜心学习，成绩在班里已经上升到第一阶梯。夏琪很惊讶游勇的后劲，毕竟高中的知识比初中难多了，如果基础不扎实，仅靠短时间的努力根本不会见效。

夏琪学得有些吃力，但她有明确的目标，一直咬着牙坚持，她没有辱没自己"中考全市第五名"的美誉。好成绩背后付出的努力，大家都明白。就像夏琪对游勇说的，没有人随随便便就能成功。夏琪见游勇英语基础不好后，就特意下载了很多优美的英语短文，让游勇睡前听一阵。

娟子很好奇夏琪的行为，问她为什么？夏琪笑笑没有回答。但她心里明白，游勇能够把自己的秘密全盘告诉她，那是把她当成很要好的朋友。虽然表面上，他们不像那些整天卿卿我我的同学，但彼此心里都把对方当

成很重要的朋友。

再多的语言不如一个行动，这是夏琪在一本书里看来的。

夏琪也知道游勇不是那种"夸夸其谈"的人，他经历了那么多与他年纪并不相符的经历后，他会更懂珍惜。夏琪永远不会忘记，那天在医院，游勇和她约定好——他们要一起努力向前奔跑，跨过高考这道栏。

"我叫夏琪，我喜欢游泳……喜欢'游勇'……"夏琪时常会想起开学时的那次自我介绍，想着，脸上不自觉地灿笑如花。

一路上有你

▶ 文／罗光太

父亲是财源，兄弟是安慰，而朋友既是财源，又是安慰。

——富兰克林

那年中考，考试发挥失常，我与一中失之交臂，昂扬的斗志一点点委靡。

身边的同学无论上中专还是职高，他们都喜笑颜开。我不屑他们的快乐，我的成绩比他们都好，我的目标只有一中。

东旭是我的同桌，他也没有收到录取通知单。我的分数距一中录取线差两分，他的分数距职高录取线也差两分。他有些无奈地对我说："季然，班上就我们两个落榜生哟！""还不是和你同桌的后果，真倒霉！"我板着脸对他嚷。

东旭每次考试都是最后一名，没有考上职高是预料之中的事。虽然他已经很努力了，但成绩依旧是最后一名。我的心情糟透了，总感觉是他带

给我的霉运，和他说话时总是没有好脸色。他一如既往的平静，每天有事没事总爱来找我。"我的脑瓜不好使，能考到这个分数已经很满意了，因为我努力过所以没有遗憾，倒是你，成绩那么好太可惜了。"东旭说，随后他就建议我回去复读，说我一定可以考上一中的。"别烦我好不好？我想一个人安静一下。"我厉声向他呵斥，"回去复读？我没脸回去复读，谁都以为我稳上一中的，现在回去复读，真是丢人丢到家了。"

在东旭来告别准备出门打工时，我突然动了心思想跟他一起出去。他一向都听我的，没想到这次他断然拒绝，而且表情严肃。"我们是不同的两种人，你应该回去复读，争取考上一中，我知道你以后还要考大学的。我不适合读书，所以只好出门打工。"他说。"我的人生要你安排？我就要出去打工。"我蛮横地说，由不得他拒绝。

我没有向父母告别，留了张字条后就随东旭去厦门打工。东旭有个表哥在厦门一家酒店当领班，我们就去投奔他。东旭的表哥对我们很热情，在他的帮助下，再加上我们俩都长得高挑，老板同意我们留下来。

上班之前，东旭的表哥给我们讲了很多酒店的规矩，还给我们培训了一个星期。身份的骤然改变让我很不适应，只是每天依旧要假装微笑着面对每一位客人。酒店的生意很好，每天忙得像陀螺，连喘息都要抽空。回到宿舍，一躺到床上我就不想动，浑身跟散架似的。

酒店附近有所高中，每天看着外面来来往往的学生，我心里就特别难过，希望回去读书的愿望越来越强烈。我真的愿意给别人端茶送水一辈子么？暗想着，心在痛，泪水盈眶。

东旭很喜欢这份工作，他热情的服务态度赢得了不少客人的赞赏。看着他一脸笑容和满足，我会忍不住冲他发脾气："你有点出息好不好？天天被人呼来唤去的，你还这么开心？"东旭看着我，有些不知所措。他明白我的心情，知道我还想回学校读书，但他又不知该如何劝说才好。在我面前他总是无所适从，自从我说过是沾了他的霉运才没考上一中后，或许他也认为，成绩一贯优秀的我没有考上一中唯一的原因是跟他同桌，他心生愧疚。每次看我呆呆地站在窗前眺望附近那所中学时，他就会转身走开。只有一次，他似乎是犹豫了很久才下定决心对我说："要不春节过后，你就回去复读……"他说得断断续续的，声音很轻，但每一个字我都听清楚了。"你说得容易，你回去帮我联系呀，看看哪所中学会要我这个中途才来的复读生？"我恼怒地说，心里后悔当时意气用事跟他出来打工。这几个月以来，我每天都渴望自己能够重返校园。

在酒店面对傲慢客人的种种要求时，我一脸不耐烦。有几次因为忍不住客人的啰嗦我就回敬了几句，他们脸上挂不住喧闹着要找老板炒我鱿鱼。只是每次都有东旭出来帮我化解。他坦诚的微笑很受用，再加上说尽好话，才把客人安抚下来，只是我心里的那个气呀，难以消受。

心事郁结成疾，我竟然病了。住在医院的那个星期，每天只有东旭照顾我。看着他酒店、医院两边跑，累得精疲力竭的样子，我心里就难受。想想以前在学校，我总是对他爱理不理，觉得他笨，没想到一到社会，我却什么都需要他照顾。

临近春节，酒店又招了几个服务生，老板终于开口让我走人了。其实老板早就想赶我走，一直碍于东旭和他表哥的情面没吭声，但他看我的眼神一直是愤然的。生意人和气生财，我得罪了他的客人，他怎能不恨我？加上住院，花了他一些计划外的钱，让他心疼不已。东旭本可以升为领班的，但他最终没有留下，陪着我一起回了家里。我知道东旭其实很喜欢这份工作，他想留下来当领班，但他又不愿意看着我一个人离开。

回到家里，我整天郁郁寡欢。特别是看见那些成绩比我差，现从外面

读中专回来的同学，听着他们口沫横飞地谈论他们学校的趣事时，我就冷着脸，一声不吭。东旭总会很好地帮我掩饰，半年的酒店服务生涯，东旭成熟了很多，说话既委婉又有分寸。

有几天，东旭没来找我，我以为他也厌烦了天天陪在我身边，看我的苦瓜脸。那年春节过得无聊乏味，我成天呆在家，沉溺于哀伤的音乐中，跟谁都不愿意多说一句话。

喜庆的春节在热闹的鞭炮声中一晃而过。过了初五，出门打工的、外出上学的又开始忙着跑车站提前购票。我不知道自己该干嘛，对未知的明天一片茫然。我真的不愿意再出去打工，可我又怎么样才能回到学校上学呢？

东旭一直没有告诉我春节后的打算，我知道他肯定还要出去打工，但去哪？和谁去？干些什么？他一直不曾说。他不说我也不问。我们待在一起，只听张学友的歌。

以前的班主任找到我家时，我才知道东旭已经离开县城外出打工了。我愤然，出门打工又不是什么大不了的事情，有必要瞒我？突然想，或许他觉得我太麻烦了，不想让我再跟去。想着心里就不是滋味，只是奇怪，老师为什么好好的会突然来找我？难道就是告诉我东旭出门打工的事？疑惑时，老师又说："季然，你还是回学校复读吧，只剩半年了，当然凭你的成绩，没什么问题……"老师说了很多。

原来是东旭去请求老师，希望通过她来劝我回去复读。临走时老师又说："东旭已经帮你把复读费用交了，元宵节后就回来上学。"我呆站在门边，连老师离开都没有反应过来。

这个东旭自作主张，可他竟如此明白我的心思。想到他，我浅浅地笑了，心情顺畅。

回学校后我全身心投入学习，基础本不差，经过两个月的强化复习，我的成绩又排在了年段第一名。只是由于去年的教训，我一直不敢掉以轻心。

东旭一直没有给我写信。在忙碌的学习中，我渐渐把他忘了。

再次拼搏，我终于以全县第二名的成绩考上了一中。拿到录取通知单的那天晚上，我一个人关在房间，一遍又一遍地听《一路上有你》，在张学友真诚的歌声中想念东旭。真的希望他就在身边，分享我的快乐。只有他才会明白我此刻的心情和曾经的渴望。

接到东旭的信时，我已经是县一中高一的新生。望着教室外面灿烂的阳光，我心里充满了万丈豪情，我下定决心一定要好好努力。

东旭在信中给了我很多鼓励，那些曾经让我不屑的言语，如今却让我感动不已。他依旧漂泊在外面，依旧在酒店当服务生，几年了都没有回来过。他的信却一封又一封不曾断过，那些地址变了又变，从深圳到杭州、从上海到北京、西安。每封信里东旭都会写下这么一句：你是我的骄傲！好哥们！

只是，我希望在我即将踏入大学校门前，能够看见他，能够和他一起再听听张学友那些久远的老歌，我们要一起唱响《一路上有你》那铿锵有力的旋律。

一起奔跑的盛夏时光

▶ 文 / 何罗佳仪

> 不是血肉的联系，而是情感和精神的相通，使一个人有权利去援助另一个人。
>
> ——柴可夫斯基

怪僻的施灵光

父母为了我能考上好一点的高中，在我初三那年，费了九牛二虎之力帮我转学到岩城初级中学，那是市里最好的初中。

岩初是封闭式管理，所有初三学生都得住校。初来乍到，我有些不习惯。陌生的环境、陌生的人群，平时话不多的我变得更加沉默。

在以前的学校，我的成绩不错，经常得到老师的表扬，同学也喜欢和我相处，我喜欢那样的氛围，有一种存在感。但在岩初，这一切都改变了。

　　我的同桌施灵光，我感觉他有点怪僻。施灵光总是很兴奋，像打了鸡血，走到哪儿都喜欢捧着本励志书，开口闭口都是那些励志话，讲得最多的是卡耐基。他说话时目光坚毅，容不得别人半句反驳。无论什么话题，他都能成功地引到成功学上，让人顿失聊兴。

　　没多长时间，我就看出来了，班上的同学都挺烦施灵光，说他没什么能耐，空知道一堆大道理。同学聊天，只要他走过去，一群人即刻散开，谁也不想听他唠叨。

　　同住一间宿舍的同学，想走可就走不了，刚开始大家是硬着头皮听他噼里啪啦地"演讲"，后来听腻了、烦透了，舍长在大家的建议下，宿舍定下了一条规矩"熄灯后，谁也不许讲话"。其实大家也喜欢开"卧谈会"，在紧张的学习之余，放松一下神经，但又受不了才开腔，整个晚上的主题就变成了施灵光个人的励志演讲。

　　"刚开始听他说那些励志故事还挺带劲的，后来听多了就特烦……"一个舍友偷偷告诉我。他还说，他们集体对抗施灵光，在他说话时充耳不闻。

　　我确实看见他们对施灵光不理不睬，但施灵光毫不在意，他喜欢凑热闹，一说起话来就兴致盎然，神彩奕奕。施灵光在大家眼中有点二，只是他自己没觉察而已。

他活得像本励志书

　　刚开始的几次考试，我都考砸了。其实我很想考好，也认真努力了，可能是太迫切吧，事与愿违。面对不理想的分数，我难过得头都抬不起来。

"老师还说他之前的成绩有多好，我看也没什么，毕竟是普通中学，哪能与我们重点学校相比？最好不要拖了咱班后腿。"后桌的"小辣椒"说话直截了当，一点不在乎她的话会不会刺伤我的心。

大部分的同学都当我不存在，他们只顾他们的成绩高低，我的难过他们视而不见。施灵光的成绩也一般，但他没有难过，而是很励志地给自己鼓劲。课间休息，他见我一直坐在位置上发愣，就拖我到走廊上开导。

原先我也刻意避开施灵光，至少是和他保持一定的距离。我不喜欢话唠一样的人，但在自己最失落的时候，还有人愿意陪我说话，给我鼓劲，我心里很感激。在以分数定输赢的重点中学里，同学间的关系颇为微妙，似乎只有施灵光，让我没有疏离感。他的真诚我能感知，他口若悬河的励志话语我也能听懂，那些压抑在心里的苦恼一扫而空。

但在我心里一直有个疑问，活得像本励志书的施灵光，怎么成绩也不见得特别好？他的成绩也就中下游水平，这也是他给别人讲励志道理而遭人嫌的地方，如果换个优等生讲出这些励志故事，可能效果大不一样吧？

虽有疑惑，但面对热情的施灵光，我还是渐渐融入了他的生活。我们同桌，又住一间宿舍，想不形影不离都难。久了，确实也感觉到他出口成章的都是励志书上别人说过的话，他滔滔不绝与人分享时，常被人白一眼，然后丢下一句："励志大师就考那么点分，换成我都无地自容了，你还好意思给人'上课'？"

施灵光听后，表情愣了一下，随即就释然了。我很奇怪他的心怎么会有这么强的承受能力？不难过吗？如果是我，被人这么说一次后，可能一辈子都不会再讲什么励志了。我都替他难过，于是想劝劝他，毕竟活成一本励志书很累。

在施灵光的想象里，人要保持激情，不能难过、不能颓废、不能放弃、不能沮丧、不能……他有太多太多励志人不能有的情绪，可是正常人哪能没有喜怒哀乐呢？那些怒和哀如果没有宣泄的出口，郁积在心里会不会病变？

我正想开口时，抬起头又见到施灵光神采飞扬的表情，那些话硬生生被我咽回肚子。"小宇，任何困境都只是为了磨砺人生，是为我们变得更优秀而设的，回头我到图书馆帮你找本励志书好好看看，你一定会有收获的。"施灵光见我没说话，以为我还沉浸在考试失利的坏情绪里，他目光坚定地给我鼓劲。他还介绍了几部在他来说很励志的电影给我看，说我看过后内心的正能量一定可以飙升。

我用微笑回报他的热情，为了不辜负他的期望，周末时我不仅看了他帮我借的励志书籍，也看了他介绍的励志电影，不可否认，那一刻我茫然的内心重新燃起了希望的火焰，浑身充满斗志。

我感觉自己也像施灵光一样打了鸡血，亢奋不已，对什么事都充满了热情，那些颓丧的念头通通被我扫出脑海。

励志是一种精神

与施灵光渐渐熟悉后，我也开始不在乎别人看我的眼光。我重新规划了自己的学习，调整生活习惯，改变过去懒散的毛病，打开心胸真诚待人，过得积极乐观。在自己的努力下，我的成绩渐渐有了起色。我知道这都是施灵光的功劳，是他励志后的效果。

可是施灵光的成绩一如从前。他依旧喜欢看励志书、励志电影，开门闭口都是卡耐基说，仿佛这世上根本不存在任何困难，或是任何困难都只是过程，一切都会好的。他的自信还是暴满，每天都在喊叫着"我一定

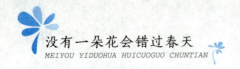
行的！"

"小宇，你还是少和施灵光一起，要不哪天你都变神经了。"后桌的"小辣椒"有一次推心置腹地对我说，熟悉后，倒也觉得说话直接的她其实是个率真的人。

"不会吧，哪有这么严重？他励志是好事呀！"我替施灵光争辩。

"他那叫励志？他叫有病才差不多，整天牛气哄哄满嘴大道理，以前还说过要复制别人的成功，可是都初三了，励志了那么久，一点成效都没有，再继续这样下去连普通高中都考不上，励志给谁看？中考看分数，励志在行动，需要每时每刻都挂在嘴上吗？十足的叶公，只会嘴上说，他的行动呢？哪去啦……""小辣椒"絮絮叨叨，口才一点不输施灵光，不过仔细想想，她的话确实有几分道理。

施灵光看了一本又一本的励志书籍，一部又一部的励志电影，那些主人公他个个都喜欢，他们说过的话他都牢记在心，可是，他复习功课的时间呢？施灵光的脑子不笨，而且应该说他的记忆力非常好，很多几年前他看过的励志故事，他依旧熟记于心……我突然感觉，作为朋友我是应该和他好好谈谈了。

励志没有错，那些励志故事中传递的正能量更没有错，可是励志不能复制，励志也不需要"叶公好龙"般表现在形式上，天天挂在嘴边。励志应该是一种精神，我们需要学习的是别人的励志精神，然后用一颗充满激情的心，用行动力来展现。

我思忖良久，考虑着要如何劝导他。施灵光有自己的骄傲，我绝对不能伤了他的自尊心。可怎么说好呢？徘徊在校园的操场边左右为难。我并不擅长劝导别人，与施灵光的能言善辩相比，我简直就是个"闷葫芦"了，但朋友一场，我不能看他一错再错一直这样下去。离中考只剩几个月时间了，我们都浪费不起，我一定要唤醒沉溺于励志误区的他。

一起励志的盛夏时光

晚自习结束后，我把还在看励志书的施灵光叫到了操场。如水的月光下，操场上异常安静，只有摇曳的树影和风吹过树叶的沙沙声。

"小宇，怎么了？今晚这么有兴致？不看书啦？"施灵光先开口。

我还在犹豫，想着要如何说。

"有什么事情让你为难了？说出来，作为好朋友我一定会尽力帮你。"施灵光说。

见他已经这样说，我就接过话茬："我们是好朋友，对吗？有件事我确实想对你说。"

"什么事？说出来我听听。"他见我态度严肃，也正经起来。

"中考只剩几个月时间了，我们一起努力可以吗？先放下你的励志书、励志电影，毕竟中考不考那些，励志，我们要学习的是别人努力拼搏的精神，而不是去复制……"我滔滔不绝说了很久，连一向口齿伶俐的施灵光都没插上话。

把憋在心里的话一口气说出来，我顿感释然。

"励志不好吗？你不是已经进步了。"他转过脸，背对我。

施灵光生气了，但我还是得规劝："励志很好，我确实是看了那些励志故事重新树立信心，找到自己的目标。但励志不是表面的，你要用行动去实施。我们要学的是别人努力的精神，要有行动呀。我们就是要认真学习、刻苦努力，而不是沉浸在别人的励志故事中感动了又感动，却没有任何行动……"我不知道我那天夜里居然那么能说，或许是我很珍惜我和

施灵光之间的友谊吧，我希望他能面对现实，用行动来证明，而不只是感动。

施灵光沉默了很久，或许从来没有人告诉过他这些吧，一时有点接受不了。我陪着他一起沉默，好一会后我才说："我们一起用行动来证明那些励志精神吧，我相信我们一定行的，毕竟还有几个月时间，我们互相帮助一起进步。"

"我之前都错了吗？"施灵光喃喃自语。

"没错，只是差了一个行动力而已。付诸于行动，一切就对了。"我笑着说，然后用力拍拍他的肩膀，很开心他能接受我的建议。

那天晚上，施灵光的床铺一直在动，或许他是辗转反侧，在考虑我的话吧。不过第二天天亮后，他早早就把我叫起来了，我们一起到操场晨跑，然后互背英文。

那之后的每一天，我们都紧张而有条不紊地学习，查漏补缺，把错题都重新更正了一遍。中考前那段紧张的复习时间，我们过得很充实，也学得很扎实。很辛苦，却也快乐着，毕竟有个好朋友陪着自己，彼此都不再孤单。

天道酬勤。有目标、有行动，付出了总有收获。中考时我和施灵光都发挥得不错，一起考进了市里最好的高中，这是我们最开心的事。

那些我们一起励志的盛夏时光，将会是我们生命中最难忘的一段记忆。

一厢情愿的"爱慕"

▶ 文 / 萍萍

> **任何时候为爱情付出的一切都不会白白浪费。**
>
> ——塔索

一

我以小镇最高分，全县第六名的成绩被市里一所很有名气的高中录取。告别父母，独赴百里之外的城市上学，心里充满了雀跃的欣喜。坐在汽车上，眯着眼睛时，就开始种种希翼，伴随一路颠簸的却也还有莫名的心悸。

我也不知道自己慌什么，然而当我踏进校门的那刻，我找到了答案。在一群时尚、活泼的同学中，我仿佛是一只错入枝头的鸟儿。在教室里，他们喜笑颜开、高声阔谈；回到宿舍，女孩们交流喜欢的明星、最流行的化妆品，而坐在角落的我，却一句话也插不进去。

我在小镇读中学时，因为成绩好、人缘好，没有人会在意我那平凡的长相，或许本乡本土吧，家境都差不太远，我和大家相处时从没有距离感。城里的学生完全不一样，青春张扬的她们个性十足，举手投足间都很有范儿。很多以前我并不在意的事，我也渐渐留意起来，只是我还是找不到融入集体的路径。

高中生活很紧张，军训过后，就步入了如常的学习节奏。我以为我终于可以发光发亮了，毕竟学习是我最热衷的事。以前的我喜欢考试，每一次公布成绩的时刻，我都能感到无限的荣光。可是在高中，一切都改变了。学校里高手云集，而来自小镇的我，再也无法出类拔萃被所有同学刮目相看。

几次考试后，平平常常的成绩让我湮没在众同学中，原本就比较内敛的性格让我再也不爱开口说话。虽然身边的同学都算和气，从来没有人会为难我，但我却自己把自己孤立起来紧闭心扉，像一只孤单的鸟儿，独自盘旋。我没有了学习的动力，感觉自己再怎么努力也难重现过去"独占鳌头"的辉煌。

二

班上的同学，三三两两都结成了伴。男生在背地里评选"班花"，女生们也在宿舍"卧谈会"时，点评了所有男生。我对她们的点评不感兴趣，觉得她们过于直白了。

几个星期过去后，我依旧没有和班上的同学熟悉起来，更不曾和班上的男生搭过话。住校生都有自己的小团体，他们要么一块儿打球、要么几个人聚在一起聊天，还常常结伴去散步。走读生每天来去匆匆，在教室时，大家都忙着写作业，一放学，他们就走了。

偌大的校园里，我觉得自己特别孤独非常想家。周末时，家在市周边的同学都回去了，空荡荡的宿舍里只剩下我一个人。躺在床上，望着窗外不太圆的月亮，脑海里就会浮现在小镇生活的情景，泪水悄然滑落。

没有人喜欢我，我的成绩也大不如从前，我觉得自己在这儿读书是个错误的选择，早知道这样，当初我该报考县一中的，这样还会有熟悉的同学，可这是市里，竞争更为激烈。我每天都过得很不开心，包裹着自己的心，小心翼翼地面对每一个人，生怕自己做错什么惹人讨厌。可是即使这样，我还是没有一个朋友。

我以为我可能会这样暗无天日地度过三年的高中生活，我不擅长主动与人交流，更不擅长如何与人相处，因为自卑吧，更多的时候我是宁愿自己一个人待着，也不会去凑热闹。毕竟热闹的是别人，孤单的是我。

中等的成绩更是让人轻易就忽略了，成绩好的，每次都会被老师一遍遍表扬，成绩倒数的，名字也常被老师挂在嘴边鞭策。中间的绝大多数，平平稳稳，不醒目不招摇，兀自生长。我就是居中的，容易被人遗忘的绝大多数。

可是有一天，我注意到前边靠右第二排的男生在上课时频频回头朝我的位置张望。有一次注意到我在看他，他居然朝我笑了。那笑容温暖而灿烂，仿佛是一束光，瞬间点亮了我黯淡的世界。

三

难道他喜欢我吗？要不他怎么会频频回头朝我的位置张望？我们没有说过话呀，可能他也是害羞吧，怕被人发现，所以就在上课时回头看

我……那些天，我总在心里自我对话，脑海里满满的都是他回头张望时的样子还有他阳光一般明媚的微笑。

他叫董棋，是个长相普通的男孩，成绩中上。相较于成绩优异的班草帅哥，他实在是太平凡了，可是我也只是个很普通的女生，我凭什么要求他不平凡？而且我观察过了，他笑起来的样子是所有男生中最帅气迷人的。而最最重要的是，唯有他在关注我。别人可能都没发现，但我知道，他每一次回头都在朝我张望，看我注意到他时，就挠着头笑。

董棋脸上有三颗青春痘，一颗长在额头、一颗在脸颊，还有一颗长在下巴。那三颗青春痘可能带给他挺多烦恼吧，我看到他时不时就用手去揉，但在我看来，那三颗青春痘却给他平常的脸庞平添了许多精彩，显得可爱极了。

董棋是走读生，每天来去匆匆。我们一直没有说话，但我的心却渐渐地不再患得患失了，因为我知道有人在关注我，我想那关注的目光里，一定包含着关心和欣赏。

我学着宿舍的女生，开始偷偷地收拾自己。我悄悄地留起了长发，我开始去操场锻炼。大把的闲暇时光，我看书、写作业，也关注一些时尚走向。和所有女生一样我也爱美，当我知道有个男生随时会回头张望我后，我不再放任，时刻会保持自己的良好形象。

我也开始更努力地学习，我想所有男生都不会喜欢成绩太差的女孩吧。已经过了最初一段恐慌的日子，我想家的念头不再那么强烈，慢慢地适应了住校生活，也适应了老师的授课方式。虽然还是无法达到"所向披靡"，但后来的考试，我的成绩都在稳中有进，甚至都超越了董棋，超越了第一名的班草。

四

慢慢建立起了自信，我不再紧闭心扉，不再躲在角落一言不发，我试着让自己走出自我包裹起来的狭小世界，试着与人交流，才发现身边的同学其实也是很有趣的。我的住校生涯，终于不再形单影只了。

女孩们喜欢一起散步聊天，喜欢分享自己的美容心得，当然也少不了一起探讨课业。我的友善和真诚，我相信她们都能感受到，当然她们也这样对我。只是没有人能够想到，我的改变只是因为一个男孩，他叫董棋，他的频频回头张望、他的关注，让我惴惴不安毫无自信的心变得踏实笃定，因为我知道，被欣赏是最好的赞美。

只是整整三年，董棋都不曾向我告白。我不知道他是怕说出口后，被我拒绝？还是因为我变得更优秀、更漂亮后，他已经没有了当初的勇气？董棋和最初的我一样，依旧平凡，成绩居中，脸庞上的青春痘却渐渐愈长愈多，有十几颗了。

班上的同学都说我脱胎换骨了，我明白他们的意思。最初的我，刚从小镇到市里，仿佛错落枝头的鸟儿，不自信更不敢敞开心扉，每天阴郁着脸，躲在角落不希望被人注意，而三年的蜕变后，我已经从丑小鸭变成了可以展翅飞翔的白天鹅。

高考一结束，我就收到了十几封告白信，这是我从来都没有想过的事情。只是这十几封告白信中，没有董棋写的。

毕业晚宴时，董棋坐在另外一桌，我的目光穿过人群一直在寻找他，他都没有注意到，他和一群男生勾肩搭背聊得口沫横飞。

五.

接到向往已久的大学录取通知书后，我第一次拨通了董棋的手机号码。这个号码已经存在我手机里有三年的时间了，曾经一次次拿起手机，想拨出这个号码，却犹豫着，在拨到一半时颓然放弃。

那时的我那么不自信，可是现在我觉得我是该了却心愿了。曾经那么多次，他在课上回头对我张望，他眼中含着笑，一脸灿烂；那么多次，他经过我的桌子时，总会有意无意地碰到我的手臂，虽没说话，但眼神却是探究的……他一定一直都在喜欢我吧。

"董棋……"手机里《死了都要爱》唱到一半时，董棋终于接起了我的电话，我紧张地叫了声他的名字后，却一时陷入沉默。我在犹豫着接下来我该说些什么，该如何表达我的想法。

"你好！杜萍，有事吗？我正在玩游戏，为了高考停了好久，现在终于可以畅快地玩了。"电话中董棋的声音有点陌生，可能经过电波，声音会有所改变吧。

"没什么事，就是想问问……问问……"我实在说不出口"你喜欢过我吗？"这样的话。他是男生，我主动打电话给他，他该明白我想表达的意思吧？面对其他男生的告白，我都是委婉拒绝，毕竟是董棋让我找到自信的，我想对他告白。

"谢谢你的喜欢！我也喜欢……"鼓足勇气，我闭上眼，急急地把心里话掏出来。我知道，再犹豫就永远都说不出口了，我得为他曾经对我的喜欢勇敢一次。

"你"字还没说出口，董棋已经说了："你喜欢我呀？很荣幸，不过我已经有喜欢的女生了……"他接下去的话我没听清。我已经没有心思听了，他说他喜欢其他女生，而没有喜欢过我，那么之前的那么多次回头张望，他是什么意思呢？

"你的位置不是靠后门的窗口吗？我回头看是想看看老师会不会站在那……我当时都在偷看小说什么的。"

"那你下课还常到我位置附近，时不时碰我的手臂……"我实在说不下去了，我曾以为他一直都在喜欢我，居然会是一场误会？

"我那几个哥们不是坐你附近吗……班上那么多帅哥喜欢你，我哪竞争得过他们呀，所以很有自知之明……"

"好了，我知道了。谢谢你！"我没等他说完，径自挂了电话。

泪瞬间模糊了我的视线，我以为的欣赏居然是我一厢情愿的爱慕。他从来都没有关注过我，更不曾有过喜欢，我怎么这样傻呢？他根本就没有告白过。

在荧亮的灯下坐了很久，泪水流尽后，我拭去脸上的泪痕，把事情的前前后后都回忆了一遍，董棋并没有错，是我会错意了。不过这一厢情愿的爱慕却改变了我，让我找到了自信，找到了一直努力向前的动力，无论如何我都得谢谢他，谢谢他成就了我豆蔻年华中最美好的一段记忆。

以书为"媒"

▶ 文/萍萍

> 友谊！世界上有多少人在说这两个字的时候指的是茶余饭后愉快的谈话和相互间对弱点的宽容！可是这跟友谊有什么关系呢？
>
> ——法捷耶夫

一

偌大的校园里却很难找到一个真正适合看书的安静角落。我不喜欢待在教室，人声喧哗，而且总有人会打断我的思绪；操场上就更不行了，荷尔蒙飞扬的花季男女总是有使不完的劲儿在那奔跑跳跃，挥汗如雨。

有一天，我在校园最西边角落里找到一个早已废弃的小院子，看里面堆放的杂物，我估计是很早以前的校办印刷厂。人迹罕至的缘故吧，里面野草丛生，一棵高大的香樟树傲然挺立在院子中央，浓郁的树荫下一地斑驳的光影。

真是难得的幽境。从那以后每天放学了，我都不急着回家，一个人偷偷潜进去，坐在石头上独自沉溺于书中精彩的故事。除了鸟鸣声，这里是那么的安静，再也不会有人打扰我。

二

一天下午上课前，我又一次独自过来。路遥的《平凡的世界》把我吸引住了，我的心一直被孙少平兄弟俩的命运紧紧牵引。时间一分一秒悄然流逝，当上课铃响起时，我才匆匆忙忙地离开。

进了教室我才惊觉，完了，书还落在那里，但想想那里不会有人去，那本书也不会被鸟儿叼走，也就放下心来。可是放学后再去，我的书不见了。找遍了整个满地狼藉、蛛网横结的废弃小院，也没看到我书的影子。难道书被鸟儿叼走了？

周末的两天我失魂落魄，心绪还停留在孙少平兄弟俩的身上，他们后来怎么样了？周一上学后我早早去了学校，径直奔向废弃小院，可是除了鸟儿的啁啾声外，依旧没有我的书，又是半天心绪不宁。放学了，我带上《巴黎圣母院》，想在另一个故事里平静下来。

"你好同学！"

在我正看得投入时，一个声音传了过来。我抬起头瞭了一眼，一个相貌清秀的男生正好奇地望着我，手里拿着一本书。

"你是谁？你怎么拿了我的书？你是怎么找到这儿来的？"我连珠炮般地询问。

"我是来还书的，那天偶然经过这里，好奇地进来瞧一眼，没想到捡

了本书。书还差个结尾没看完，能否借我看完？"男孩问。

看着笑容可掬的男孩，看着他手中完好的书，我点点头说："你也喜欢看书吗？"他笑着说是，然后走过来礼貌地问我，能否让他坐下来一起看书？我没有拒绝，他温柔的眼神、温暖的笑容都让我难以拒绝。

三

每天放学后，我们不约而同地都来到废弃小院，在里面看书。香樟树遮天蔽日留下一地阴凉，我们各自捧着手里的书，坐在石头上看得津津有味。

"韩郭蔡，你天天都过来看书，是不是对我有所图谋呀？"一次在院子里看完书回家的路上，我问他。

"你是才女，又不是美女，有什么好图谋的？"他大咧咧地说，一下把我惹恼了。

"我有那么差劲吗？虽算不上美女，至少也长得眉清目秀，一脸书卷气。"

"是！一脸书卷气的美女。不过我们是志同道合的书友，我们都喜欢看书，然后还可以交流，挺好的，而且这里很安静，是个读书的好地方。"韩郭蔡说。

说起他的名字，我第一次听到时，还以为他叫"韩国菜"，差点笑到岔气。他解释说，他爷爷他爸爸姓韩，他奶奶姓郭，他妈妈姓蔡，他们都希望他的名字里带有他们的姓氏，所以他就叫"韩郭蔡"了。

韩郭蔡看过很多的书，我们的观点常常不谋而合。我们都喜欢《巴黎圣母院》里的敲钟人伽西莫多，喜欢海明威的《战地钟声》，喜欢大仲马的《三个火枪手》，还喜欢 80 后作家安宁和张悦然。

相同的读书兴趣把我们紧紧联系在一起。我已经知道韩郭蔡和我同一年级，他在二班，我在十一班，教室隔了一层楼。以前就算面对面我们也不会认识对方，没想到一本书让陌生的我们成为了最好的朋友。

韩郭蔡看书时的投入表情那么帅，有一次我发现他看《牛虻》时，居然流泪了。我逗乐他，他尴尬地自嘲："陷进去了，泪不由己，它自己出来的，我都不知道。"后来我在看《牛虻》时，在相同的地方，我也禁不住泪流满面。我们为了同一本书同一个情节泪湿眼眶，这样的心有灵犀让我很感动。

在我的带动下，韩郭蔡也开始看一些古诗词，而我则在他的影响下，喜欢上了村上春树和川端康成的小说。

四

快乐的时光总是过得很快，那些阳光灿烂的日子，那些在树阴下沉醉于书海的光阴，都似箭般在我们还没有反应过来时，毕业考的脚步声就"扑啦啦"地来临了。

老师们三番五次在班会上强调少看闲书、多做练习题。我和韩郭蔡的成绩都不算特别拔尖，要想在考试时拔得头筹，我们都只能暂时放下心爱的课外书。

最让我们没有想到的是，不知什么时候，我们一起在废弃小院看书的事居然被同学发现了。当一群同学和老师出现在院子门口，把我们堵在里面时，我们正在各自抱着书看。人群的喧闹吓着我们了，我们害怕被当成小偷。可是他们却说我们在"谈恋爱"。

　　流言蜚语席卷了整个校园，那个废弃的小院一时间成了众人参加的热点，我们也成了学校的名人，走在哪都有人在背后指指点点。不解、委屈、恼怒，各种滋味一齐涌上心头，我再也不敢去小院了，也没有勇气见韩郭蔡。

　　学校准备处分我们时，又突然传来我们一起参加的省作文大赛双双获得一等奖的消息。

　　喜忧参半时，韩郭蔡给我发了一条短信：我们从来都没有错，香樟树见证我们的友谊。一起看书的时光那么难忘，或许以后，没有以后了。我们都是爱看书的孤单孩子，爱看书的孩子都是单纯善良的，你是，我也是。纷繁的世事如棋局，我们不知道未来会如何，但我们都要一直保持爱看书的好习惯。

　　我没有回复他短信，但我把那条短信保留了很久，铭记于心。

　　面临汹涌而来的毕业考试，我收起了喜欢的书籍，再也没有回去那个浓荫蔽日的废弃小院，它就像一段记忆被我保留在了脑海，留在我脑海的还有那段与韩郭蔡一起在小院看书的美好时光。

第四辑

Chapter Four

唯美阅读

Weimei
Yuedu

冤家同桌

▶ 文／阿杜

> 人之相识，贵在相知；人之相知，贵在知心。
>
> ——孟子

一

我和欧小非是水火不容的冤家，这是全班同学都知道的事情。

我和他一见面就掐，不是他先动手，就是我先动口。他爱惹我，然后看我勃然大怒，美目直瞪，一副恨不得把他"碎尸万段"的凶狠表情。

欧小非根本不怕我，看我生气他还不屑地嚷："就你杜小美眼大呀？瞪得跟牛眼似的。看看我的小眯眼，这才叫'眉目传情'。"说完，他还故意在我面前眨巴着眼，气得我咬牙切齿，冲过去狠狠地推他一把。欧小非一个趔趄，往后连退几步，直到撞在墙上才停下来。

众人大笑起来时，欧小非脸上挂不住了，他飞起一脚想踢我，我早有防备，见他起脚时已远远躲开。"杜小美，我跟你没完！"欧小非没踢到我，嚎叫着扑过来，我早已逃之夭夭，剩下他在教室里捶胸。

这家伙闲不住，手特不老实，常来扯我的辫子。当我瞪眼时，他还装出一副无辜的表情，假模假样地说："怎么啦？杜小美，辫子松了？是不是没绑紧？"我气得绷紧脸，二话不说，直接伸出手去扯他的头发，无奈，他的短发我根本抓不住，手一滑他就溜了。

我和欧小非在学校"战事"不断，回到家也不"停战"。他家住我对门，这厚脸皮的，天天往我家跑挑衅我，还不断在我爸妈面前搬弄是非、打小报告，甚至连我在学校被老师批评的事，也说得眉开眼笑，害我被老爸一顿批，直接影响我在父母面前"乖乖女"的形象。

当然啦，我也不是"省油的灯"。每次见到欧小非的爸妈，我也是添油加醋尽情损他，直到他妈妈说："这坏家伙，待我回家好好揍他。"我才善罢干休。

二

我们一直交恶，人尽皆知，也不知陈老师是怎么想的，有一天调整座位时，他居然要把我调去和欧小非同桌。

我是老大不愿意，嘟着嘴半天不想挪动。没想到，在陈老师的劝说下，我正心不甘情不愿慢腾腾地收拾书本时，欧小非先举手了，他对陈老师说："老师，我不想和杜小美同桌，她太坏了，会影响我学习。"陈老师忍俊不禁："欧小非那你说说，杜小美怎么个坏法？她又是如何影响你学习的？"

"她呀，从头坏到脚，天天就知道欺负我，害得我无法安心学习。"欧

小非大言不惭。

我听得火冒三丈，"噔"一下站起来，说："他才坏、全身坏、连心也坏，我更不想和他同桌。瞧他考的那点分，谁影响谁学习一目了然。我最担心的是，考试时他会偷看。"

我的伶牙俐齿名声在外，对付欧小非根本不值一提。说完我扭过头瞟了眼欧小非，一脸毫不掩饰的得意。

欧小非气坏了，他咬着嘴唇怒目而视，还对我扬了扬拳头。我才不怕他，大不了再战几百回合。谁怕谁啊？我就是不想和他同桌。

见我们都强烈反对，陈老师愣了一下，但没想到他思索片刻后，说："正因为你们天天打闹，老师才想着帮你们创造一个机会，让你们同桌，以后要学着和睦相处。"

"老师——"我和欧小非异口同声。

"可是考试时，如果他偷看了怎么办？"我想说服陈老师。

"欧小非，面对杜小美同学的这一问题，你准备如何应答？"陈老师说。他把问题直接交给欧小非，让他来讲。

"切！我需要偷看吗？再说了杜小美的成绩也不见得有多好，有啥可得意的？我真搞不懂，她哪来那么大的自信？"欧小非口若悬河。

"那就这么定了，老师我也是经过深思熟虑的。你们两个可不要让老师失望哟！"陈老师一副高深莫测的神情，他笑了笑不再解释。

三

在陈老师的安排下，我和欧小非这对冤家开始了我们的同桌生涯。

第一件事就是用尺子精确测量，在桌面上划分"三八线"。欧小非本想趁我不注意多占去一公分，但哪能逃过我的"火眼金睛"，我毫不让步，一公分的距离也要平分。在我的注视下，他不得不重新画过一条"三八线"。

分好领土我们各自为阵。我瞅都不瞅他一眼，自顾自地玩起手帕。欧小非见我玩得欢，也想凑过来一起玩，我冷哼一声，立马转身背对他，连看也不让他看。

"拽什么拽？小女孩的玩意儿，不稀罕。"

听了欧小非的话，我背对着他说："是嘛，小女孩的玩意儿，你不是挺喜欢的？还经常跑去找游乐乐跳皮筋，真是羞羞脸。"

关于欧小非找游乐乐跳皮筋的事，班上的同学都知道，那些男生更是笑话他"伪娘子"，臊得他满脸通红，想争辩却词穷。

见我提到他找游乐乐跳皮筋的事，欧小非生气了，他恼怒地嚷："不说话没人当你是哑巴，真坏净往人伤疤戳。"

"生气啦？我乐意呀，我爱说就说你管得着吗？"

"再说我，我就说你是男人婆，以后没人喜欢。"欧小非嚷嚷起来。每次他说不过我就嚷这句，好像他的话是什么"神圣预言"一样，我才不怕。

别的同桌都是关系亲密，从来不会像我们一样，整天吵吵嚷嚷。老师们也习惯了我们俩的争吵，见我们实在是不像话时，才会大声说："好啦，你们两个一人少说一句。"

欧小非真的很坏，他撕烂了我的作业本，害我没有作业交被老师罚站。我向老师解释时，欧小非还狡辩："你连作业本都看不住？这样的事情也敢诬陷我？明明就是自己没写作业，活该罚站。"我气得在桌底下用脚踢他，这家伙居然大叫："老师，杜小美踢我。"

老师摇了摇头，好言相劝："你们俩都给我认真一点。"

我嘟起嘴很不满，老师怎么可以不分青红皂白呢？我的作业本明明就

是欧小非撕烂的，她不批评他，反而让我罚站。

"太不公平了。"我嚷嚷起来。

"好了，你坐下吧。欧小非以后可得注意了，要团结知道吗?"老师说。

"知道，是杜小美同学不团结我，不是我的错。"

欧小非故作委屈。

什么人呀? 与这样的家伙同桌，我真是倒霉。

四

我以为我和欧小非的关系会这样一直僵持下去。在学校我不再搭理他，连和他吵架也没兴致了。回到家我更是闭门不见他。他来我家，我视而不见，当他是空气。

可是有一天我爸爸突然生病了，很严重吧，他直接住进医院。妈妈也请假去医院照顾爸爸，我没人管了。于是妈妈把我托给欧小非的爸妈。

虽然是邻居，我小时候常去他家，但后来两人总是吵架后，我就不过去了。没想到对于我的到来，欧小非表现得完全令我意外。他彬彬有礼地帮我摆碗筷，还帮我夹我喜欢吃的红烧排骨，说:"小美，吃吧就当是自己家，你爸爸的病很快就会好起来的，不用担心。"

爸爸生病后我很难过。到欧小非家吃饭我也是毫无选择。我还做好了被他鄙视、嘲笑的心理准备。没想到他竟然那么友善，害我感动得眼睛痒痒的，差点就流泪。

"谢谢你，欧小非。"

我低下头，红着脸说。

我的头一直没敢抬起来，端着碗埋头吃。

"慢慢吃，小美，来，夹菜。要不我再帮你夹排骨。"说着欧小非又夹了一块排骨到我碗里。看着碗里满满的排骨，我不好意思地说："你也吃吧，碗都满了。"

欧叔叔和阿姨看着我们俩，笑而不言。

吃过晚饭，我准备帮欧妈妈洗碗。她急急地拦住我说："不用你来，没关系的，你去写作业吧。写好作业后，欧叔叔带你们去医院看望你爸爸，他很快就会好的，不用担心。"

我红着眼眶，感激地点头。

"小美不用怕，晚上我去你家陪你。你睡房间，我睡客厅沙发，明早记得叫我就行。"欧小非在我和欧妈妈说话时，插一句话进来。

我正担心呢？从来没有一个人在家过，好害怕晚上怎么办？欧小非的话害我闹了个大红脸，但心里却是开心的。这家伙这么善解人意。

爸爸住院的半个月里，我天天在欧小非家吃饭，晚上他到我家陪我。我们一起写作业、一起听歌、一起看电视……就像所有亲密无间的好朋友。他再也不和我吵架了，偶尔我心情不好朝他吼时，他也不再顶嘴，更不会像过去与我吵个没完。

爸爸出院后，我和欧小非已经成了好朋友。我不想再跟他"敌对"，就像欧小非告诉我的，其实我们好好相处的感觉更棒。

我也是这么觉得的，我喜欢欧小非这个好同桌。

再见，我的"配角"时光

▶ 文 / 何伟

> 友谊是培养人的感情的学校。
>
> ——苏霍姆林斯基

一

"小宇，你有点个性好不好？别整天跟着别人瞎混，当个小跟班很来劲呀？"袁如雪撇撇嘴，脸上写满不屑。

我大吃一惊，不明白她为什么会这样说我。袁如雪是我的同桌，一个成绩优秀，长得像张靓颖的漂亮女生，她是我们班班长，很有主见的人。因为小学时就曾同桌过的缘故，我们的关系向来很好。平时她从不曾这样说过我，说得这么严厉和不屑。

"还要我点破？"见我一脸迷茫，她又补充了一句。

"我不明白你的意思，不明白你为什么这样说我。"我垂头丧气地说，又忍不住叹了口气。这些天我的心情像阴霾的天空，我最好的两个朋友，我觉得他们背叛了我。他们明明互相喜欢很久了，却一直不说，把我夹在中间，充当我不喜欢的角色。

"谁都看得出来游勇和李红蕾关系不一般，就你天天愿意当'电灯泡'，如果是我，早闪得远远的。我也看不惯他们整天支配你干这个干那个的，哪有那样使唤人的？"袁如雪说。她说话的语速很快，像打机关枪一样。不过她的话却句句说到我的心坎上。

我正难受的就是这件事，我感觉自己被人愚弄了。

二

我和游勇是邻居，从小一起玩泥巴长大的好朋友。游勇个性强，比较霸道，长得也比我高，他点子多喜欢出谋划策，一直以来就是我们那群孩子的"头"。

小时候，我习惯跟在他后面，听从他派遣。他决定了的事情，我们大伙就一起执行，无论是跑去郊外偷挖别人家的地瓜，还是晚上一起玩游戏。只是后来上小学了，一起玩的伙伴越来越少，就连周末很多人都没有空，他们要去上各种各样的学习班。我妈也要送我去学英语，但游勇没去，我也坚决不去。

童年的岁月无忧无虑，只是久远了，很多事情也渐渐模糊、淡忘，能够记得的，就是这一路上，我都是和游勇一起走过。

袁如雪上初中时，去了另外一所中学，我和游勇依旧"秤不离砣"，而且还是同班。那时的游勇已经高我半个头，只是他身高长了，智商却似乎"低"了，他的作业经常是抄我的，有时干脆就是由我代劳。只是他的

鬼点子依旧很多，我也依旧习惯听他的。当时班上有些同学开玩笑，会说我是游勇的专职秘书，专门打理他的作业。

事实就是如此，我当时也没感觉有什么不妥。从小一起长大，我习惯听他的，他也习惯指挥我。好朋友嘛，我没想过要分得那么清楚，谁说了算不都一样吗？

李红蕾是隔壁班的女生，只是我们都在校文学社，很快就熟识起来。我带她认识了游勇，三个人话语投机常常玩在一起。三个人在一起时，刚开始是我和李红蕾交流得比较多，我们都喜欢看书，常交换读后感。游勇加入后，他就常和李红蕾讲网络游戏，他们俩都是网游高手，倒是我，因为父母管得严，很少上网，对网游知知甚少，慢慢就有点插不上话，于是常出现的情形是他们俩个讲得兴致盎然、口沫横飞，而我就跟在后边做个忠实的听众。那时看见这样的情形我是很开心的，因为游勇在班上人缘并不好，而且由于他的成绩差，班上的同学都不喜欢他，但我们是好朋友，我希望我的朋友也能接受并喜欢游勇。李红蕾对游勇的友善，让我很开心。

游勇喜欢命令别人，班上的同学都不搭理他，唯有我惟命是从，从来没有拒绝过他。我觉得他是我最好的朋友，他让我做的事我都尽量做到最好，虽然有时候我也力不从心。而我的事情都是我自己想办法解决，尽可能地不麻烦游勇。

我很早就把我对李红蕾的好感告诉过游勇，他当时拍着我的肩膀很肯定地说："兄弟，我知道你害羞，老大我会帮你的。"他的手很有力气，拍我肩膀时很有分量。我倒也没想让游勇帮我什么，我对李红蕾只是爱慕、欣赏，一点懵懂的自己也说不清楚的感觉。那时候，我只是希望我们三个人的友谊能够一直长长久久。毕竟游勇能说会道，这样三个人在一起时，有他在才不会冷场，就算我只是听着他们讲网游，我也高兴。

我话少，不喜欢争辩，更擅长聆听。一直以来，我都觉得这是自己一定要改正的缺点，但性格这东西，确实不容易改，而游勇却弥补了我的缺点。我一直觉得，好朋友就要能够互补。

游勇是在初三那年，被他父亲一顿狠揍后才开始努力学习的。他愿意学，我也愿意帮助他，每天一起写作业，然后帮他补缺补漏。李红蕾的成绩一向不错。游勇在我们俩的帮助下进步很快，可能是他脑子已经开窍了，知道学习的重要性，所以事半功倍，在中考时，他和我、还有李红蕾一起考上了同一所高中。

三

三个人的约定，我们一起兑现。在高中我们居然很幸运地分在一个班里。在那，我还遇见了小学时的同学袁如雪，我们还是同桌。

我和游勇还有李红蕾还是时常在一起，别人说我们这是"铁三角"，但渐渐的，同学再说我们仨是"铁三角"时，脸上的笑容开始有些暧昧了。望着他们意味深长的话语，我没想太多，还是像往日一样，整天和游勇、李红蕾处在一起。

只是上了高中，思想似乎也成熟了一些，那些对李红蕾朦胧的爱慕又蠢蠢欲动了。我一直在犹豫，想着怎么把这事告诉她。我也想过，让游勇去帮我说，但心里又有些慌乱，这种比较明晰的感受，我似乎又不想被游勇完全熟知。

那天的体育课结束时，游勇像往常一样，让我去买矿泉水，他和李红蕾谈笑风生。我转过身离开的瞬间，心里莫名地很不舒服。从来没有过的滋味，有些苦涩，每一次跑腿都是我的事，以前认为理所当然，可是那天，我却在想为什么总是我？游勇怎么不去买呢？是不是我被他们支配习惯了，自己也认为应该的。可我凭什么就应该呀？一种不愿再被人使唤的叛逆心理油然而生。

我最后还是跑去买水了，但一路上却想了很多。我也有了想在李红蕾面前表现自己的冲动，也有想支配游勇的念头。买水回来见他们还在口若悬河地聊天时，心里就不痛快。游勇接过水，先递了一瓶给李红蕾，说："红蕾，天热，来，解解渴。"李红蕾一脸灿笑，她接过水，说了声"谢谢！"。"是我买的水，你谢错对象了吧？"我嘲弄说。"就知道你小气，谢谢你啦！小宇。"李红蕾乐呵呵地说。

平时我们也常开这样的玩笑，但那天、那个时刻，我听见她这样说时，心里居然有种被针扎的感觉。为什么我的付出都是应该的，游勇只是递了瓶我买回来的水给她，她就乐得像一朵花似的。我努力隐藏起自己的失落，还她一个笑脸，说："知道就好！下次要先谢谢我。"他们俩并肩走在前面说笑着离开时，我愣在原地半天没有动。望着眼前和谐的画面，我突然感觉到自己的存在那么多余，这种感觉让我的心又痛了一下。

放学时，我避开李红蕾叫住了游勇。我说："游勇，帮我个忙。"想到要说的话，我的脸先红了，然后支吾其词地说出了我的想法。游勇吃惊地望着我没吭声，过了好一阵，他说："你难道没感觉，红蕾喜欢的人是我吗？""你说过会帮我的，现在却告诉我这样的话，你还算我的朋友吗？"我愤怒得涨红脸。"这不是帮不帮的问题，感情的事要两厢情愿，她喜欢我我有什么办法？我也喜欢她，你还是算了吧。"游勇说完，转身想走。

我一把扯住他的手说："那我们三个人在一起时我算什么？如果真这样，你为什么不早告诉我？"我的心犹如刀割一般。那么长的时间里，我在其中充当了什么角色呢？跑腿的？还是多余的？

游勇甩开了我的手，不耐烦地说："我也早想告诉你，但你让我如何开口……"游勇说了很多，他的话让我无地自容，原来一直以来他们早有意思，只是我夹在其中，充当了他们的"电灯泡"。游勇离开后，我还呆立原地，脑海里一直回荡着这样的声音：三个人的世界里，只有我是多余的。

我一直以为自己是个智商很高的人，却没想到，我只是个"笨蛋"。

四

我没想到，我和游勇起争执时，袁如雪正好路过，她不经意间听到了我们的对话。毕竟同桌，她想劝我早点退出这场完全不必要的竞争。

她说友谊的世界里，大家都应该是平等的，而不能这样总是去支配别人。

我一直认为游勇和李红蕾是我最好的朋友，我喜欢李红蕾，所以也希望她能和我的好朋友游勇关系处得好。没想到，一直以来我才是他们当中的配角，一个度数很高的"电灯泡"，我怎么就没感觉到自己的窘迫呢？

我跟在他们身边，做个忠实的听众，听他们聊网游，他们是不是早就希望我这个"电灯泡"自动隐身了呢？只是我后知后觉。

袁如雪说："有些情感本不该滋生，但滋生了，也要有一个好的处理方式。你呢？还是做回你自己，学会自己拿主意，而不是什么都听别人的。"

我的头脑混沌一片，我不知道要如何回应袁如雪。或许我本就不应该有这样的心思，如果我从来没有喜欢过李红蕾，对于她喜欢游勇，我是

不是就不会难过和难堪了？那么长的时间里，我在其中一直就只是个配角吗？一个任人支配的跑腿？

我为自己的定位难过，我想，我是该退出三个人的世界了。我要重新审视自己，我要成为自己故事里的主角。

在被嘲笑中走过的青春

▶ 文 / 杜智萍

聪明与年龄一起成长。

——佚名

一

　　我一直不大愿意回顾自己的青春岁月，那是一段黯淡而令人忧伤的日子。那时的我很高很胖，大家不约而同地叫我"大面包"，而最让我崩溃的是满脸的青春痘。

　　对着家里的穿衣镜，我总看见一个面容愁苦、无精打采的胖女孩，脸上最鲜明的是那一颗颗耀武扬威的"痘痘"，就算把头发放下来也遮不住。

　　一米七六的个头让我在一群女生中特别突兀，又因为胖更显得高大。女孩们都不爱跟我玩，她们说："我们其实一点都不矮，但跟你站一块，我们就是一群矮子了，你还那么胖占空间。"她们排斥我，又因为我脸上

遍地丛生的痘痘，叫我"烂脸疤"。

被嘲笑、被排斥，我感觉自己就是只过街的老鼠，招人讨厌。我拼命地想隐藏在人群中，弯着腰、耷拉着脑袋，不希望被人看见，但所有人的目光，第一眼总会停留在我身上。或许是看见了我脸上惨不忍睹的"痘痘"吧，他们的眼神中总会闪过一抹稍纵即逝的惊愕。

二

我惴惴不安，怕引人注目、怕挡住别人的视线、怕影响别人的心情，我远离人群，可即使是这样，我还是常常莫名地招来各种谩骂。

有一次，几个女孩在走廊聊天，我经过时在那停顿了会，就这么一会儿工夫，其中一个女孩警觉地后退了一步，她指着我努努嘴，傲慢地说："你什么意思？为什么你要站在我们旁边？显得你个高吗？大面包。你想成为那只'立鹤'，我们可不是那'鸡群'。"

女孩很漂亮，她瞪着我满脸怒容，她的那群朋友见她骂我，也围攻过来，你一言、她一语，数落我。我愣在当场，不明白自己做错了什么。

后来同桌告诉我，原来女孩是学校出了名的"袖珍美女"，长得很美，但个头娇小。她以为我是故意站她旁边，衬得她更矮小。我终于明白了她说什么"立鹤"什么"鸡群"，原来她指我想"鹤立鸡群"。

还有一次，几个男生围在一起比身高，争得面红耳赤。我以为他们要打起来了，就好言相劝："其实你们几个都差不多高……"我的话还没说完，其中一个男生不屑地瞟了我一眼说："我们高不高关你屁事？我们就爱吵，碍着你了？多管闲事。有这闲心不如多想想自己的脸，你知道你那张脸看了让人想吐吗？烂脸疤。"

我只是想平息一场干戈，却没想到会被当众如此辱骂。他们还集体朝我翻白眼，做呕吐状，并大声起哄："烂脸疤！烂脸疤！"我的泪当场就涌了出来。

三

我没有朋友，陪伴我走过青春的唯有书籍。我看了很多的书，只有沉浸在书中时，我的心才能安宁。书籍永远不会嘲笑我，更不会嫌弃我是丑女孩。

我不敢去书店。去书店时，站久了就会有异样的目光盯着我，那目光如刀，仿佛要灭了我一般。站在旁边的年轻客人直接指着我窃窃私语："这女孩好胖好丑？看了她的脸，我晚上要做噩梦了。""就是，这么丑还出来吓人，真以为书看多了就会变成颜如玉？"

就连店员也曾用心明显地走过来对我说："姑娘，我看你挑了半天，有什么书要买吗？我拿给你。"我知道她是嫌我丑，影响了她店里的生意。

另一间书店的店员更不客气，她直截了当地对我说："姑娘，你以后还是少来我们店吧，我看你很少买书，就是蹭书看，可你一来，很多客人都不愿意进来了，希望你体谅！"

我转身急急地跑出书店，不想停留片刻，亦不想让她看见我眼中委屈的泪水。难道丑女孩就不能逛书店吗？就只能永远躲在家里吗？

学校图书馆成了我唯一可以常去的地方。虽然那里的书不多、那里的条件不好，但坐在图书馆的最角落里看书时，没有人会盯着我看，也没有人会赶我出去。

只是有一次我借回《资治通鉴》在教室看时，语文老师看见了，她好奇地问我："你看得懂吗？""看不懂。"我如实说。"看不懂还看，装什么

高深呀?"老师噘噘嘴说。她的话让我很难过,但我却不敢反驳。

因为我喜欢看书,一个男生问我:"你想成为学问家吗?""我想。"我说。"你一定要成为学问家呀,因为你成为学问家后就可以天天待在屋子里,再不用出来吓人了。"男生说完,径自哈哈大笑,而我早已泪流满面了。

四

各种各样的嘲笑充斥了我的青春,伴随我的成长,久了反而让我渐渐习惯,甚至麻木。我知道自己很丑、又高又胖,但那又怎么样呢?书籍给了我勇气。看的书多了,我明白了一件事——我再丑,我也要走过这一生,我也要活出自己的精彩。

我的人生终究是我自己的,不能由别人来决定。既然我改变不了别人的目光,那就由着别人去,我只想做好自己,做好自己想做的事。

没有朋友的青春很孤独,但我庆幸我没有弄丢自己,我还有书籍陪伴,它是我最忠实的朋友。每一次沉溺在书中时,我依旧能感觉到这个世界的美好,我告诫自己要更加珍惜,毕竟生命不能重来,人生不能虚度。

看的书多了,我还爱上了用文字表达情感,爱上了文字构建起来的世界,它让我找到了久违的自信。我尝试着写,写自己理想中的美好与温情,写一切可以让我赞美和感慨的大好河山,写旅途中陌生人的微笑面孔……

一种奇妙的感觉在我写作时瞬间在心里涌起,我凭什么要自卑呀?我有必要一直忧伤吗?有必要一直耿耿于怀那段被嘲笑的青春吗?它终究是过去了,而我早已通过努力蜕变成一个高挑而温情的美丽女子。

那一次的感动

▶ 文／康哲峰

才华总是通过独立的（精神上的）活动才能成长起来的。

——车尔尼雪夫斯基

我是一个内向而敏感的男孩，所以跟老师的交往就相对少了一些。

在班里也不是惹人注意的角色，总是一个人在寂静的角落默默在纸上写一些无聊的文字。总之，我就是一个普普通通的学生。

我以为我的学生时代就是如此平平淡淡地度过了。直到那一天，我的生活中发生了一件事，让我在学生时代留下了永久的刻骨铭心的感动。

那天是周五作文课，我像往常一样懒洋洋地提不起精神。当老师走进来时，我还打了一个哈欠。可是今天老师的情绪好像很高，她手中拿着一篇作文，大步走上讲台后，她大声地宣布："今天，我要给大家读一篇文章，这篇文章写得真是太好了。这位同学在文学创作上绝对有天赋，大家猜猜是谁啊？"同学们猜了几个平时学习不错的学生。可老师却一直摇头，

最后老师说："这位同学就是康峰。"我的脑袋嗡一下子大了。什么，我，是我吗？我记得我写得并不怎么好啊。怎么会是我呢？老师清脆的声音响起来。作文竟然不是我的作文，而是一个作家写的散文。当文章随着老师充满感情的朗读结束后，大家报以热烈的掌声，我的脸却羞得通红。

从此之后，大家都纷纷来向我讨教作文的写法。我由于虚荣心作怪，也没有点破事情的真相。而是热心和大家探讨，这样不但我的作文水平大有长进，还交到很多朋友，性格也开朗了很多。发现生活变得也有了趣味，我好想当面向老师致谢，可是总觉得有些羞愧。

要分科了，听说语文老师可能不再教我们了。听说她要调到市里去了，很多学生都去和她道别。我想再不去的话就可能永远没有机会了，就鼓足勇气来到老师的办公室。轻轻敲门之后，老师就站在了我面前。"老师，我来向你致谢，那次的作文其实不是我写的。是我抄的，可是你还那样表扬我，我当时没有勇气承认，老师你不会怪我吧。"

我终于把憋在心里的话说出来了，不禁一阵轻松。"傻孩子，其实那天我就知道了。我回家看一本散文，上面正好有这篇文章。我想如果说出真相可能会伤害你的自尊心，就隐瞒了下来。想不到你今天终于来承认错误了，我真的很高兴，这样我离开这里就没有什么遗憾了。"老师激动的说完，用手拍拍我的肩膀，"其实你是很有潜力的，努力吧。"我眼中闪出了泪花，狠狠地点了点头。

老师离开我们已经有一年多了，可是，她的音容笑貌一直在我心头萦绕，给我灵魂上永久的滋养。

那些年，我所愧对的少年

▶ 文 / 康哲峰

> 　　要得到学生的尊重和爱戴，首先要学会尊重学生的人格，要尽量多地要求一个人，也要尽可能多地尊重一个人。
>
> 　　　　　　　　　　　　　　　　　　　　　　——佚名

　　我在一个小县城教了一辈子书，不敢说"桃李满天下"，但也有几千个弟子了。县城本就不大，各行各业都有我的弟子，故我在小城也算一个受人尊敬的人。我退休后，喜欢在外边溜达，一路上听着遇到的学生们喊着"老师"心里真比吃蜜都甜。唉，一个老师最大的欣慰就是被学生们记着啊。

　　但在县城我有一个地方已经十几年不敢踏入了，那个地方倒不是什么知府衙门，只是一个小小的菜市场。这是我教学生涯的一个秘密，要揭开这个秘密还得从十几年前说起。

　　那时，我在当地教育界颇有名气。因为我当时颇具人文情怀，擅长做

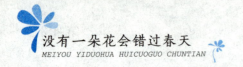

后进生的工作。不管给我多烂的班、多顽劣的学生，经过我一番精心调教后都能重新焕发生机，化腐朽为神奇。一次，从外地转来一个性情怪僻而又乖张的男孩。他的成绩平平，但恶作剧的思维却无人能及。他把全班不思进取的学生联合在一块，一同在外语老师的课堂上呼呼大睡，还美其名曰，抵制外国文化入侵。

他在考试的时候唆使一帮不学无术的学生故意涂错答题卡号码，致使微机无法排序，成绩作废。他打电话让校外人员偷偷送来烟酒食品，在宿舍和一帮臭味相投的学生胡吃海喝。学校多次要开除他，我都坚持留下，因为我就不信世上有打不开的锁。我决定从家庭寻找突破口，打电话叫家长来校想了解情况。家长一接电话，就诚惶诚恐的道歉，康老师孩子又给你惹事了吧，真对不起。我们马上到，马上到。

很快，他父母就怯生生地站在我办公室的门口。一身油渍麻花的工作服都没来得及换就直接从菜市场匆匆赶来。我让他们坐，他们坚持不坐，恭敬而卑微地站着，仿佛两个等待挨训的学生，黑乎乎的手不停地绞着，嘴里不停嗫嚅着道歉的话。我把男孩叫来，他在父母面前表现得不同以往，乖顺而听话，完全没有了往日的轻狂和浮躁。我了解一些情况之后，和他一起送他父母出校门。

他父亲再三地向我道歉，而他母亲则用手抚平他头上翘起的一撮儿头发，眼中渐渐泛起泪光。我伸出手和他父亲握别，他父亲受宠若惊，用力在裤子上擦着手，小心翼翼地轻握我手，我用力一握，告诉他我一定好好教育他的儿子。我看见男孩在旁边神情似有所动。

家长这次来校以后，男孩平静了许久。我那天也观察到他对父母从内心深处有一种深深的爱意。我决定就从这里突破来改变他对人生和学习的态度。我隔三差五就会和他来一次长谈，从学习谈到家庭、谈到父母、谈到未来。我竭尽心力地去改变他，几乎把嘴皮子都磨破了，终于收到了一点成效。

他虽然还是听不进课、学不下去、完不成作业，可是他不再和老师们斗气，也不在课堂上搞恶作剧。他还是抽烟，但都是躲到厕所偷偷抽，量也比以前少了很多。考试卷子还是几乎空白，但名字和考号都写得很工整。他的态度一天天好转起来，班里的好学生包括女生都渐渐和他交往起来。他为自己的变化感到欣喜，我也感受到他对我的感激。他买了一个厚厚的笔记本，把我讲的内容一丝不苟地抄到上面，虽然大部分他还不懂。我对他的改变欣喜非常，虽然他的成绩高考是无望的，但是他的态度让我对他的人生充满信心。

高考临近了，学生们都紧张而亢奋。他却变得焦躁不安，脸上消失了微笑，也不再往那个厚厚的本子上抄东西。整天面对窗外的流云发呆。我心里很难过，但我却无能为力。高考已经迫在眉睫，他的成绩却还在末尾徘徊，他岂能不知自己的命运是什么？

一个阴郁的上午，我凝望着全班的学生，心中万千感慨。三年我们朝夕相处，共同奋斗，可再有一个星期他们就要面对人生的一次重大抉择——高考。高考之后，他们就会风流云散各赴前程。我眼中渐渐涨起热泪，学生们也注视着我，满含热泪和感激。

我用目光寻找着他，他的座位空着，当我想张口询问时，他在门口喊了一声报告。我让他进来，他掠过我身边时，我敏锐地嗅到一丝烟味。我叫住他，问他抽烟了没有，他不说话，我拿起他的手一嗅，烟味极浓。我让他拿出烟来，他还是不说话，他的沉默激起了我的怒火，我伸手插进他的衣袋，不但有烟还有一封用花花绿绿的信纸写成的信。

他下意识地伸手来抢那封信，眼中还潜藏着不安和愤怒。我真没想

到，自己一番良苦用心换来的却是如此的漠视和不敬。我恶狠狠地盯着他，不但没有还给他，还拆开仔细看了，看完我不禁怒火中烧。高考在即，这既不是豪言壮语也不是离别赠言，竟然是一封情意绵绵的情书，还是写给班里学习最好的一个女孩子。我在暴怒中让那封信在垃圾桶上空变成陨落的蝴蝶。他仔细地盯着我的双手在信纸上急速地交错、切割、撕扯。他哭了，热泪顺着脸颊砸到胸前，这是我第一次见他哭。

之后他变了，再也没有了以前的阳光和帅气。他不再和任何人说话，变得内向而孤僻。高考来了又去了。他预料之中地被挤下这座独木桥。后来，他几经周折始终不顺，只好在父母干活的菜市场也摆了一个小菜摊，聊以糊口。听我当年的同事说，他现在处境艰难，连一个爱他的女孩也没能挽留住。我听了只能满腹唏嘘，我已经有十几年没有勇气踏进那个幽暗的小菜市场了。

对他，我心中始终存有深深的愧疚。我想，当年如果我不那么粗暴，而是用一种温和的态度来引导他，助他走出那段少年必经的困惑，他即使名落孙山，也不至于对生活丧失信心，变成现在的样子。

发现良心

▶ 文 / 康哲峰

> **教育不是灌输，而是点燃火焰！**
>
> ——苏格拉底

那年我教高三并担任班主任。眼看着再有一个月就要高考了。老师学生都忙得昏天黑地，心理和身体都已脆弱不堪，禁不住一点风吹草动。

一天，上晚辅导，按惯例提前到了学校。刚想在办公室歇一歇，喘口气，门"咣"的一声被推开了，龙伟急匆匆闯进来，额上见汗，面色惨白。

"老师，我的钱被偷了。"

"在哪儿？偷了多少？"

"在宿舍，一百元。我放在衣橱里，出去时忘了锁，再回来钱就不见了。"

我心里一紧，龙伟是我班里的学习尖子，但父亲早逝母亲下岗，家里很穷。平时他一个星期只有十五六元的生活费，仅够他咸菜、馒头、白开

水的瞎凑合。这次是因为我上周开家长会时特别提醒家长临近高考学生体力精力消耗都非常大，家长一定要想方设法增加孩子的营养，龙伟母亲才多给了龙伟一百元。虽然这点钱对于那些家境好的学生来说还不够一个星期的开销，但对于龙伟绝对算得上是一笔"巨款"。难怪他急成这样。我心里一沉吟：钱是小事，如果这件事影响了他的考试情绪，高考发挥失常，对他贫困之极的家庭无疑是雪上加霜。

我稳定了一下情绪，心想"学生都是按班级分配的宿舍，人并不杂乱，外班学生作案的可能性不大。可要在自己班里找出小偷也绝非易事，无凭无据胡乱怀疑，大张旗鼓而又无功而返的话，势必搞得人心惶惶，影响全班学生学习情绪，给高考带来不良影响。所以一定要慎重，在这样一个非常时期，必须"稳定压倒一切"。

可就这样不了了之也不行，龙伟是个自尊心很强的孩子，如果我直接给他钱他绝对不会要的。再说那也太便宜那个贼了，我苦思冥想，想找一个万全之策。当我看到桌子上那沓空信封时，脑子里突然灵光一现，对，就这么办。

来到教室，我把情况简单说了一下，然后语重心长地说："同学们，我们能在这个班级共同学习生活，这是多么难得的缘分啊！我们三年来朝夕相处亲如一家，我们建立了多么深厚而珍贵的感情啊！我不愿在毕业之前留下这样的遗憾。大家一定更不想，我认为今天这件事肯定是有同学一时糊涂或想开个玩笑，我不相信他真的心存恶意。所以，今天我们就来玩个游戏，游戏的名字就叫"发现良心"。大家说怎么样啊？同学们都热烈地响应。我把空信封发到每个人手中，然后说："我喊一、二、三，就把灯熄掉，过三分钟再打开。然后大家把手中的信封交上来，我相信奇迹就在其中。"

灯熄了，教室里一片黑暗。学生们很安静，偶尔有几声轻微的咳嗽。三分钟后，灯又重新亮起来。

我收回所有的信封后，开始一封封检查。当查到其中一个时，我兴奋的叫起来"找到了！"信封中赫然出现一张百元大钞。当我郑重地把钱交给龙伟时，教室里响起狂风暴雨般的掌声。但我注意到有个学生动作有些僵硬，而且脸上没有表情。

这个班大部分学生高考考得都不错。尤其是龙伟，超常发挥，被北京一所著名大学录取了。毕业典礼结束后，我注视着他们远去的身影心中隐隐有一丝遗憾。

一晃十年过去，有一日在家中闲坐，接到一个电话。里面传出一个因激动而略显哽咽的声音"老师，我是龙伟。今天，杨明对我坦白了十年前的一切。那一百元是他偷的，而当时他也并未将钱放到信封里，钱早被他花掉了。那钱一定是你偷偷放进去的啊！老师，谢谢你。对了，杨明说他要亲自找你去认罪，他还说这件事整整折磨了他十年……"

放下电话，我如释重负地长长出了口气。想不到当年的一幕不仅温暖着一颗心，同时也煎熬着一颗心。不过值得欣慰的是我的苦心总算没有白费。虽然时间长了点，整整用了十年，不过我的那班学生总算全部毕业了。是的，全部。

刻字的红薯

▶ 文 / 白衣

> 在集体中，要尽可能多地要求每位同学，也要尽可能多地尊重每位同学，让每位同学对自己都有信心。
>
> ——佚名

那年我到乡下支教，在一所山区中学教语文。这是我们县最偏僻的一个中学，在这里上学的大多是本地贫困家庭的孩子。那些家庭条件稍好的都把孩子送出大山，送到城镇去上学了，因此，学校生源严重不足，质量也很差。校舍年久失修残破不堪，老师们也都不安心工作，想尽一切办法调走，师资力量更是薄弱。

学校坐落在一个山坳里，几间东倒西歪的破瓦房，没有围墙，一个倾斜的操场，冬天可以当滑梯，打球时一不小心，球就会沿着坡一直滚下山谷去。因此也就没有体育课，下课了学生总是挤到一块儿打闹，闹得尘土飞扬，上课时一个个脸上五花八道，个个像泥猴。

这样的环境、这样的学生、这样的师资，学校的教育质量可想而知。我其实是因为快要评职称了，才决定来这里支教的，准备捞些资本好顺利评上职称。我在这里教的是毕业班，这个学校只有一个毕业班。学生成绩不用说很糟，我教的也不很上心，一到星期天就逃命般跑回城里。

日子就这样一天天过去，我到这里转眼已经半年了，对班里的学生多多少少有了一些了解。他们大多衣衫破旧、面目模糊，上课无精打采，一下课就疯跑疯闹。他们放学后都要回家帮家里干活，作业是基本不做的，老师们也没有办法。这里的好多家长并没有指望孩子考上高中，之所以还让孩子上学，是因为孩子还小，多少能认个字，国家又是九年制义务教育不用家里花钱，这才让孩子上的。一旦中考结束，绝大部分学生是要出去打工的，极少有人考上高中，有的即使考上了也没钱去读。

在这些学生中，我发现了一个特殊人物，是个女孩，即使在普遍穿得破旧不堪的学生中她那身衣服也十分扎眼，明显宽大不合身的男式上衣，上面挂满了破洞，用各色的布补得花花绿绿，简直就是传说中丐帮老大穿的"百衲衣"。裤子是农村老大娘穿的那种掩裆裤，上面肥大、下面瘦小，屁股和膝盖上也是补丁叠着补丁，硬得如同铠甲一般。最出色的要数鞋子，一只是运动鞋，早就没了鞋带，用旧麻绳系着。一只是皮鞋，表面没什么，但是鞋底开裂了。两只鞋底子不一般厚，她走起来就有点一瘸一拐。

她并不美，还可以说很丑。稀疏的黄发在脑后梳成一根歪斜的小辫，连皮筋头绳都没有，用一根布条扎着。瘦黄的小脸，小小的眼睛，却有一个大大的鼻子，鼻孔还稍有外翻的趋势，总之，看上去和"美"字毫无关系。但她总是微笑着，有着其他女生没有的文静。据说她家里很穷，她娘受不了苦寒的日子跟着一个收山货的跑了。她爹木讷得近于痴傻，只知道

牛一样在地里傻干。

　　她还有个弟弟，也跟着娘一块儿走了，她心疼她爹就留了下来。人老实就会被人欺负，在山村也是一样，人穷了，一分钱看的比磨盘还大。村里来了救济的衣物，首先得让村干部先挑一遍，那些品相还好的、半新的就被捡走了，剩下的被饿狼一样的村人扑上去一顿乱抢，而她爹只会在一边傻傻地看着，等尘埃落定，地上没有什么能用的东西了，他才拾掇回去，她闺女那身行头就是这么来的。

　　这个女生叫大红，但是班里的学生都叫她大红薯。她也不恼，微笑着，很温和的样子。这孩子命苦，心眼却细腻，干活也吃苦，和她爹在地里苦扒苦做，一年也收获几千斤红薯，日子也对付着过下来了，虽然少油没盐，也还像个家的样子。

　　山里的孩子也是很势力的，因为大红家最穷，就都不和她来往，不但不和她玩还经常一起嘲笑她，甚至欺侮她。班里的卫生基本上都是大红在打扫，黑板是大红擦，甚至按照规定轮流给老师小伙房提水也大多是大红在干。你只要稍稍一留心就会发现大红的身影无处不在，她一瘸一拐地往沟里倒垃圾，一瘸一拐地提水进伙房，一瘸一拐地在黑板前努力擦最上面的字……但大红始终微笑着，温和地面对这一切，并且看得出，她很满足。

　　眼看要过元旦了，山村里的孩子根本就不知道元旦也是节日，他们只记得春节，但是我收到了我城里学生的贺卡。他们用又黑又脏的小手抚摸着那些精致的纸片，读着上面的字"祝老师元旦快乐"。他们叽叽喳喳地问我，老师，你们城里怎么过元旦节啊？他们管元旦叫元旦节。我就给他们讲，什么送贺卡啊，开联欢会啊，有的学生还会给老师买小礼物啊。

　　学生们听得津津有味，最后，他们嚷嚷着也要过一个元旦节。接下来的几天，他们兴高采烈地准备着。据我的课代表说他们还准备送我一件礼物。我实在猜不出他们要送我什么礼物。其实我很后悔给他们讲元旦学生给老师买礼物的事情。因为那是城里学生省下几天的零食钱就能轻易办到的，而在这里，学生们从小到大从来就没有吃过零食，更不用说有什么零花钱了。

大红这几天没有了往日的微笑和温和，显得有些焦急。因为学生们都在你两毛我五毛地凑钱。她却一分钱也拿不出来。她家已经好几天没有盐吃了。而且，我前一段时间从城里拿来一些妻子的旧衣服和旧鞋子送给了她，我实在看不下她那身令人心酸的打扮了，心里太难受了。

大红穿上妻子的旧衣服像是变了个人，脸每天洗得干干净净，人也显得精神了很多。她怀着感激每天把我办公室打扫得无比清爽。现在学生们都在凑钱给我买礼物，她却只能在一边看着，所以急得像热锅上的蚂蚁，小脸更显得黄瘦了。

礼物终于买来了，是托到城里卖红薯的村人买来的一个粗陋的相册。全班人却很激动，在扉页上歪歪扭扭地写满了名字，除了大红，因为她始终没有凑出一分钱。学生们还办了一场联欢会，在操场上点燃一堆篝火，围着火堆烤上一圈红薯，一边唱一些山里小调和变味的流行歌曲，一边吃着香喷喷的烤红薯。联欢会开得倒是意想不到的热闹，只有一个人始终沉默，并且没有一丝微笑，是大红。

第二天一早，我从床上爬起来，打开门，一股挟着清香的山风吹进屋子，把心里荡涤得格外干净。我精神焕发地准备例行爬山锻炼，一出门发现地上有一个布袋，里面鼓鼓囊囊的，打开一看满满一袋红薯，洗得干干净净，谁送的？我拿出一个红薯仔细研究，在靠近蒂把的地方发现两个字，小刀刻的，字迹歪歪扭扭，是"大红"。我微微一笑，这小妮子，自

尊心还挺强，非要送我东西不可。这一天，我注意到大红脸上的微笑又回来了，她和我对视的时候，脸上还有一丝羞涩。

转眼就是年关，山里人开始漏粉条、做豆腐，有的人家还要杀猪，当然，肉是要卖给城里人的。城里人最喜欢山里的猪肉，纯天然、无污染，真正的绿色猪肉，能卖个好价钱呢。山村里有了年的味道。学校也要放假了，我简单地给学生留了些作业，就让他们回家了。回到宿舍，我开始整理行囊，准备回城。这时发现桌子下的红薯已经有了霉斑，发出一股恶恶的味道。

我也没有多想，顺手从窗子里扔了出去，窗外就是一溜倾斜的操场，红薯们打着滚地往下掉，眼看就要滚到山沟里，一双脚将它们挡住了。脚上是一双运动鞋，白色的，系着红鞋带，是妻子的旧鞋，是大红的脚。大红走在最后，打扫干净了教室，正往沟里倒垃圾，她挡住了红薯，迟疑了一下，弯腰将红薯捡起来，仔细地用袖子擦干净，一只一只小心地放进垃圾筐里，然后向我的窗子看了一眼，就一眼。我羞愧地喊，大红，大红。她仿佛没有听见，抱着垃圾筐走了。但我分明看见她边走边把脸在胳膊上狠狠地擦着。

我叹了一口气，背上自己的包，往山下走去，公共汽车就要来了，不能误点，每天只有这一趟车经过，今天走不了，就得等到明天下午了，学校早没人了，我一个人晚上怎么过呢？

回到城里，我忙着办年货、忙着串亲友，大红这件事就渐渐淡忘了。直到年前的一天，我到集市上买东西，见到山村的一个人，他给我捎来一袋红薯，说是大红让捎给我的，要求一定送到我手中。村人说，可巧，正说不知怎么找你呢就碰上了。我拿回家倒出来，红薯一个个红润饱满、干干净净。拿起一只，看到在蒂把那里仍然刻着两个歪歪扭扭的字，大红。

心里有一种东西涌上来，眼睛也热辣辣的。

过了年因为学校的安排，我没能去支教，一位老师代替了我。从此，我就不知道大红的消息了。等支教的老师回来，我赶紧去找他打听。他说，大红啊，她开学就没来，听说跟着一个招工的走了，一走就杳无音信。听人说，那个招工的可能是个人贩子，唉，这山里孩子的命可真苦！

我眼前一片模糊，也许是我轻率的行为彻底击碎了大红心里最后的一点希望和温情。我扔掉那些红薯的同时，是不是也扔掉了一个女孩的坚强和自尊，也扔掉了一个女孩对生活的渴望和向往。她捎给我红薯时，是不是就下定了决心，和我两清了。我给予她的一些物质上的帮助其实是一种变相的施舍，因为我对于她那颗敏感脆弱但充满自尊的心是多么忽略啊！今后，她还会这么不幸吗？她能找到幸福吗？我在心里默默为她祝愿着。

回到家里，从冰箱里拿出大红送我的红薯，红薯在冷藏室里保存得好好的，红润饱满，大红刻下的名字也清晰可见。我拿几块在锅里蒸好，满屋子都是红薯香甜的气息。我掰下一块放进嘴里，软软的、甜甜的，我仔细地嚼着，直到嚼出了泪水，嚼出了苦涩。

一台风扇的温暖

▶ 文／白衣

情感如同肥沃的土地，知识的种子就播在这个土壤上。

——苏霍姆林斯基

　　小琴是个城市白领，一次在网上看到驴友拍的一个非常偏僻的小山村的一些图片，图片中是破旧的学校和一群渴望上学的孩子。小琴被孩子们渴求知识的眼神打动了，毅然辞去报酬优厚的工作，去那个村子做了一名支教老师。

　　这里是大山的腹地。村子散落在整个山坡上。这儿三家，那儿五家，拉拉杂杂有几里长。小琴来时做了充分的心理准备，但眼前的景象还是超出了她的想象，三间破屋，有一间是办公室和老师宿舍，里面有一架摇摇欲坠的床和几张缺胳膊少腿的桌凳。墙上因兼做厨房而熏得漆黑，另两间教室里有十几张呲牙咧嘴的破烂桌凳，和几十个脏乎乎的孩子，这就是她今后的工作环境。这个村子已经有近一年没有老师了，分来的老师不是看一看拍屁股就走，就是干不了几天就一去无踪。村里人都寒心了"谁让咱这儿穷，留不住人家呢"！所以，小琴的到来，他们并没有表现出太多的热情。

既来之，则安之。小琴狠狠地抹掉走山路出的一头汗，将行李放下就开始收拾宿舍和教室，随后把孩子们召集起来上了一堂自我介绍课。

所幸，山里的孩子一点都不笨，个个淳朴善良、心灵手巧。孩子们看到小琴整天忙忙碌碌，都偷偷地帮她，常常是她准备做饭时，发现灶口堆着一大垛树枝，灶台上放着几个鸡蛋，有时还会变成几个鸟蛋。

小琴尽自己的能力改变这里，她写信给自己的一些朋友，讲述这个淳朴宁静的山村和她可爱的学生们。渐渐地，朋友们寄来一些包裹，有书、有文具，一个朋友还给小琴寄来一个老式录音机和几节干电池，还有一盒录着国歌的磁带和一面国旗。小琴就和学生们清理教室前的一块儿小坡地，将它垫成一个小操场，又从山上砍来一根长树枝做旗杆，这样每天清晨小操场上都会准时响起用录音机放出的国歌。几十个孩子和小琴都肃立于旗杆之下，看国旗缓缓地升到空中。山里的天总是那么蓝，国旗在山风的吹拂下像一团升腾的火焰。

这里常年干旱，水贵如油，虽是山区，可是山风只在山尖上呼啸，大山环抱的村子里却是燥热难耐，所以到了夏季尤其难熬，批改作业时，小琴的汗水像小溪一样蜿蜒而下，滴到了学生的本子上，模糊了一个个稚嫩的数字和生词，她用手狠狠地一抹，粉笔灰沾了满脸，像戏台上的小丑，孩子们都无声地笑了，随即又变得沉默。

随后的一段时间，小琴发现有几个大点的孩子总是迟到，并且手上脸上还有一些划痕。问他们干什么了，一个个支支吾吾不肯说出原因，但都保证今后不再迟到了，小琴以为他们是贪玩也没有深究。

一个闷热的星期一，小琴早早地来上课，发现孩子们早都到齐了，在教室外等着，而且个个脸上带着难掩的兴奋。被孩子们簇拥着走进教室，小琴发现讲台上放着一个崭新的纸箱，在孩子们热切的目光中她打开纸箱，竟然是一台崭新的电扇，佛顶山牌的，扇叶像一片片花瓣闪着柔和的光泽，照得小琴眼睛一阵阵发酸。原来孩子们看到老师热得难受，就想让老师凉快些，有一个孩子听说过有一种叫电扇的东西，能吹出习习凉风，镇子里就有卖的，于是孩子们就利用课余时间到山上挖草药，攒了很多天卖了几十块钱，托出山的大人从百里之外的镇子上买来了一台。

孩子们七手八脚将电扇从纸箱里拿出来，对准小琴，快乐地喊，老师，快让它吹出风来啊。有心急的用手去拨弄扇叶，可是扇叶只转了几圈就停下了，一丝风也没有。孩子们都疑惑地围着电扇查看原因，像一群抓耳挠腮的小猴。小琴一开始被孩子们的滑稽样儿逗笑了，可笑着笑着就哭起来。因为，这个村子至今还没有通上电。

第五辑

Chapter Five

唯美阅读

Weimei
Yuedu

声声慢

▶ 文 / 白衣

> 如果老师只爱事业，那他会成为一个好教师；如果教师只像父母那样爱学生，那他会比那种通晓课本，但既不爱事业，又不爱学生的教师好；如果教师既爱事业，又爱学生，那他是一个完美的教师。
>
> ——列夫·托尔斯泰

老古早上起来，急忙忙的在厨房里叮叮当当之后端出一盘辣椒拌洋葱，赶紧喊儿子吃饭，吃完饭自己去上学。妻子咳嗽了几声，老古端了一杯温水过去。妻子说：今天你能行吗？老古说：咋不行，你放心，我教了这么多年课，这点自信还是有的。说着看看表，时间差不多了，儿子已经吃完饭上学去了，桌子上的菜一点没动，每天都是这个菜，谁都会没胃口的。老古来不及苦笑，随手拿了个馒头，又捏了几片辣椒洋葱夹进去，自造了一个菜夹馍，一边啃着，一边和妻子告了别。

老古是一所学校的语文教师，但没有编制，据说是因为轮到转正时和校长闹意见，就被有意的漏报了，这一错过，直到现在还没有机会入编，每个月八百块工资，还是学校给出，家里有一个病老婆，儿子小学快毕业了，眼看要上初中，在物价飞涨的今天，真不知他是怎么熬日子的。

老古骑着自行车飞快地向前奔，但不是去学校，今天他请假了，现在要去的是一所刚成立的贵族学校，据说是退休的老局长办的，因为老局长的儿媳妇是学校的董事长。学校要开张，就得有好老师，所以这所学校向全社会公开招聘教师，不论年龄、不说学历、全靠能力。学校开出的薪酬是当地教师工资的三倍，但严格按照程序，笔试、面试、试讲，连闯三关的优秀者才能应聘成功。

老古是一千多名应聘者中胜出的几个幸运儿之一，今天就是来参加试讲的。他匆匆忙忙赶到应试地点，发现其他人早就到了，个个都比自己年轻，意气风发，有几个还是研究生学历。他们看见老古嘴角上还粘着馒头渣子，眼中露出一丝不屑。

试讲的题目竟是格外的简单，讲解李清照的代表词作《声声慢》，限时 15 分钟，下面有几十个学生和十几个当地教育专家，退休的老局长也坐在教室后面。

先拿号，老古手气极差，竟拿了最后一号。谁都知道拿了中间稍微靠前点的号码最好，最差的就是最后一号和第一号了。尤其最后一号，听过十几遍后早就麻木了，毫无新鲜感可言了，再加上坐时间长了多少有点烦，所以最后一号几乎就是宣判死刑。

时间一分一秒的过去了，每一个试讲者都显得从容自信，从教室出来都带着满意的微笑。

老古眼前一阵黑暗，他眼前闪现过妻子黄瘦的脸，儿子破旧的运动

鞋，桌子上那盘辣椒拌洋葱……他想尽力地改变这一切，他对妻儿的承诺，这时候显得格外虚无飘渺。

恍惚中，有人在喊他的名字，终于轮到他了。老古稳稳心神，走到这一步不容易，凭自己多年的功力搏一次吧。走进教室，果然里面的学生和专家都略显疲态。老古不敢怠慢，赶紧开讲，简洁介绍作者生平，是谓"知人论诗"。老古将李清照定义为"能给社会补钙的奇女子"重点抓住李清照的人格和骨气，这个开场白不错，听讲者似乎有了点精神，随后开始范读此词。

老古嗓音浑厚，很有感染力，"寻寻觅觅冷冷清清凄凄惨惨戚戚"首句一出，老古眼中再次闪现出妻子黄瘦的脸，儿子破旧的运动鞋，桌子上那盘辣椒拌洋葱……两滴清泪不由从眼角滑落，他发觉自己的失态，赶紧用手指去抹，不料，早上正是用这只手捏的辣椒和洋葱，顿时眼中的泪水被刺激得滚滚滔滔不可收拾，老古只好边流泪边读，一开始是因为辣椒和洋葱，读到最后，也不知为什么了，竟是哽咽难语，好不容易才读到"怎一个愁字了得"。老古心绪已乱，勉强讲解几句，就草草结束自己的试讲，出了教室老古还沉浸在悲伤里不可自拔，他知道自己这次肯定是落聘了，这都是命啊！老古苍凉地叹了一口气。

三天后，老古在课堂上讲这首《声声慢》，却再也找不到那天的感觉，虽然分析得丝丝入扣、逻辑严密、令人信服，但看着下面频频点头的学生，老古心里还是感到一丝失落。

回到家，妻子黄瘦的脸上竟然闪现着一丝兴奋的红润，手中是一张鲜红的聘书，签章正是那所贵族学校。

据说，是老局长力排众议说，这么多年了，就没有见过讲《声声慢》能哭成那样的，就凭这必须聘他。

没有一朵花会错过春天

▶ 文 / 阮小青

> 时时要让孩子知道，我们爱他们，大家喜欢他们，是因为他们的品德，与他们的成绩单没有任何关系。
>
> ——第威夫人

她在上交的作文里这样写道："从来没有人注意过我。我的生、我的死，都与这个薄凉的世界无关。"

没有人明白，在这颗幼小的心灵中，为何会溢满那么多不可明状的哀伤和绝望。当然，她的老师也一样。

那是一位年过半百的老头，言语不多，虽教学经验极为丰富，但这一刻，却不懂得如何与这位年龄相差将近四十岁的女孩儿尽心交流，去告诉她该如何面对生活中的悲苦。

他在陈旧的教案本背面上打了很多遍草稿，把明日要说的话，一一罗列出来，整理，像研究一部旷世巨著。尽管如此，还是觉得语言苍白到无

力，软弱得像阴天里的清冷雨丝。

春天的阳光依旧透过窗台，照耀在每个孩子纯真的小脸上。所有人之中，她离窗台最近，可还是心如冰冻。她没有朋友，没有疼她爱她的母亲，就连唯一对她稍好的可依靠的外婆，都在前些日子里挣扎着病故了。

她的生活一片狼藉。有同学说，她暂住了孤儿院，所有的费用都由政府承担。她得继续生活下去，得为远去的母亲和外婆坚强活着。可有什么理由，让她继续下去呢？那一点本可寄托的温暖，都这么无情地别她而去了，她还有什么理由相信温暖？

他站在宽阔的讲台上，以最平和的语调讲完了课，宣布下午外出游玩。所有的孩子都欢呼不已，只有她静静地眯眼歪靠在窗台上，对着路旁的野花发呆。

所有的孩子都有自己的朋友，一起游戏分享自己的快乐。她坐在绿草之中，看着天际不断变换的流云，怒放的花朵，簌簌地落起泪来。要知道，几十个小时之前，她还是一团恣意享受天空的云朵。

他穿过操场，气喘吁吁地来到她的身前。她侧脸抹泪后，镇定地叫道："老师好！"

"怎么不和同学一起玩呢？"他一边喘气，一边问着。

"老师，我和他们不一样，他们有值得快乐和幸福的全部理由，而我没有。"

他将了将花白的发，拉着她的手，走进花园深处。顿时，一阵沁人心脾的芳香从远处缓缓涌来，包围了她前行的路。他问："这些花你认识多少？"

"大都认识。譬如，那是迎春、那是瑞香、那是玉兰、那是……"她对这些花名如数家珍。她的外婆生前爱花，因此自小受了熏陶。

他微微笑着，看她在盘点花名的时刻中慢慢活泼起来，显然，她在环视花朵的同时，也渐然沉浸于百花争艳的美景中。

当她气喘吁吁地将园中的鲜花点过大半时，他问了她一句："你能把此时没开的花点出几种来吗？"

她顿时被难住了。园中之花，大大小小不下百种，却没有一种隐藏着身形，躲避阳光。他说："想想吧，明天告诉我，为什么它们都会竞相开放？"

当夜她想了许久，从外婆遗留下的书中找到了答案。次日，她从季节、温度等客观存在的因素，向他解说了为何花朵都会竞相开放的原因。

那个问题之后，她回到教室，如换了一个人似的。她主动和同学搭话，帮助他们解决难题、组织班里的课外活动、维持课堂秩序，等等。

很多年后，她站上明媚的讲台，成了一名优秀的人民教师，她也带她的学生去看花、点花名。也曾问过一个忧郁的孩子，为什么花朵都会在春天竞相开放？

次日，当那个孩子急急忙忙跑来要告诉她答案之时，她将当年老师给她的那张纸片递给了那个孩子。

泛黄的纸片上，坚定地写着："没有一朵花会错过春天。"

盛满冰块的杯子倒不出热水来

▶ 文 / 翀飞

> 教育需要理想，需要信念；教育需要民主，需要人文；教育需要智慧，需要思考；教育需要审视，需要评价。
>
> ——佚名

今年我教高三，从外校转来我班一名同学，叫李虎，小名叫虎子。

不过，我第一眼见到他时几乎笑出声来，因为这个虎子可一点也没有老虎的威风，他个子矮小、身形消瘦、无精打采，脸色灰白，缩在一边，眼神躲躲闪闪，连看都不敢看我一眼。和他父亲办完交接，就安排他入了班。

过了几天，班里要进行摸底考试，出了一点问题，李虎死活都不参加，同学劝、老师说都无济于事，他非要请假回家，我只好准假让他回家休息。考完试后，我立即到李虎家里家访。

在李虎家宽敞的客厅里坐下后，一番寒暄，我才了解到李虎的父亲毕业于名校，是某国有大型企业的总工程师，母亲也谈吐优雅，是某高校的教授。显然这是一个精神和物质都比较丰盈的家庭。我更奇怪了，这样的家庭怎么会培养出李虎这样的孩子呢。

当我委婉地说明来意，李虎父亲的脸上显出克制的怒意，说，康老师，他说请的是病假，我相信了他，想不到他还学会说谎了，他这是老毛病未去又添新毛病了，我一定会好好教训教训这小子。他一边说，一边转过脸找李虎。李虎早就见势不好像老鼠一样溜回卧室反锁了门，李虎父亲敲了敲，里面毫无声息，碍于我在场不好进一步发作，只是在那里咬着牙转圈。

我看到这里，觉得不好再追问什么，就安慰了李虎父亲几句，希望他好好跟李虎交流别吓唬孩子，李虎父亲铁青着脸答应了。

走出李虎家，我一直思索这个问题，为什么李虎会不愿考试，这里面究竟有什么原因，想得脑袋都大了，也想不出个所以然。

第二天，李虎就来上学，灰白的脸上有一个隐约的巴掌印。我心里一惊，想不到身为高级工程师的李虎父亲竟然如此暴力。我赶忙问李虎，你爸爸怎么舍得打你这么狠啊！李虎眼里突然爆发一股怒意，嘴里狠狠地说，他就不该是我爸！我心里一惊，又一喜，惊得是李虎居然对父亲如此愤怒，喜得是我从这愤怒里终于看到了他的虎威，这孩子还可以表达愤怒情绪，说明还不算太糟。

我觉得有必要好好和李虎父亲谈谈了。在一个周末，我约了李虎父亲在一家茶楼见面。李虎的父亲说起李虎一脸的无奈和辛酸："虎子在幼儿园和小学都是很优秀的学生，经常是班里的第一名。但是，上了中学以后，他变得越来越胆小，后来竟然不愿意出门跟朋友玩，害怕和老师说话，学习一遇到难题就惊慌。最主要的是害怕考试：到了考试的前几天，

他就开始紧张，吃不下饭、睡不好觉，总是担心考不好；在考场里，他就更紧张了，手发抖、心跳加快，脑子一片空白，连平时会做的题目也有可能做不出来。当然，他的考试成绩不可能理想，成绩不好又加重了他考前的担忧。如此恶性循环，便越来越不可收拾了。这也是他转到你班的原因，我想换个环境是不是就好了，谁知……"说完，他长长叹了一口气。

我思索一下，问道，李虎上中学后才开始变化，这个时候有没有发生什么事情呢？李虎父亲沉默了一会说，那时，有一天他突然跟我们说要弹钢琴，我们当天下午便把钢琴买回了家。后来，我们还请老师到家里来教他弹钢琴。岂料没过多久，他就不喜欢弹钢琴了，每次老师来的时候，他都把门反锁起来，不让老师进屋。在这件事情上，我们骂也骂了、打也打了，甚至还给虎子读各种媒体对音乐天才的报道，让虎子寻找自己跟成功孩子的差距。然而，虎子还是那样。你知道我和妻子都受过高等教育，所以特别希望虎子能上名校，将来能有出息。我们知道，在环境好的家庭，孩子最容易被宠坏。所以我们对虎子，除了在学习上抓得紧外，还十分注意培养他的意志和品质。比如他要什么东西，我们不会轻易满足他。很多书上说，要让孩子体验挫折感，才能使孩子尽快成长。在节假日里，我们不允许虎子睡懒觉，到点就要他起床锻炼。虎子做任何事情，我们都不允许他半途而废。

听到这里，我有点明白了李虎的烦恼和愤怒。我决定从他父亲所谓的"挫折教育"入手，就问："你上次表扬虎子是什么时候？"他先是一愣，然后一脸尴尬地回答："记不起来了。"我追问："大概是什么时候呢？几天前、几周前、几个月前、还是几年前？"他足足想了一分钟，才结结巴巴地说："大概是几年前吧。没表扬他有两个原因，一是不希望他变得骄傲自满，二是他这几年实在也没什么值得表扬的。"

　　我把话锋一转，又问："在单位的工作中，你也体验到很多挫折感吧？"他深有感触，点了点头。我接着问："那么回到家里，你希望妻子用什么态度对待你？是希望她恶狠狠、凶巴巴的，以增强你应对世态炎凉、艰难险阻的能力，还是希望她和颜悦色、温柔体贴？哪种态度能使你在工作中表现得更坚强？"李虎父亲听了半晌无语。

　　我赶紧趁热打铁，请您试想一下，一个盛满冰块的杯子里怎么能倒出滚烫的热水呢？只有储备足够的温暖，才经得起严寒的侵袭。人的心灵也一样，只有得到很多满足、温暖和幸福的滋养，才能经得起挫折、严寒和伤害。

　　李虎的父亲听了，陷入沉思，但脸上不再像刚才那样凝重。我知道我的一番话起到作用了，就微笑着和他道了别。

　　星期一学生们又回到学校，李虎看上去显得很兴奋，脸色不再是往日的灰白，笼上一层淡淡的红晕，甚至主动和我打了招呼。

　　放学的时候，我到办公室拿东西，发现桌子上有一个鼓鼓囊囊的包，打开来是几个金灿灿的蜜橙。里面还有一张小纸条，老师谢谢你，我爸对我笑了，虽然很勉强，但我的心情和这些橙子一样灿烂。与你共享，虎子。我当然毫不客气地收下了，因为我的心情也跟这几个橙子一样灿烂。

昨晚你在干什么

▶ 文／翀飞

> 教育就是要使人成其为人，其根本在于个人而不在于社会。
>
> ——鲁迪格尔

马老师的车被砸了，而且是在校园里被砸的。马老师当晚值班，就把车停在了教学楼后的小广场。第二天早起上操，发现后车窗上赫然几个大洞，玻璃渣子溅了满地。而且车前盖和两侧车门被锐器划得乱七八糟，连两个前雨刷也被编成了麻花状。

马老师的脸都气得变了形，车虽然不高档，只是标志207，可是对于一个教师来说也是至宝之物了，是谁那么大的仇愤，下这样的狠手。他马上掏出手机就要报警，却被闻讯赶来的王主任制止了。王主任说，小马先别冲动，好好想想是不是自己班的学生所为，如果是就要慎重处理，不能草率。马老师只好压下怒火，气哼哼地放下手机。

回到办公室，马老师灌下几口凉白开，使劲搓搓脸，开始整理自己的思绪，想发现一些线索。渐渐地，一个影子浮了出来，刘晓明，对了，这小子一向不老实，前几天用假出门条骗过门卫师傅想去网吧上网，被自己及时发现，狠狠教训之后，叫来家长，领回家反省了一周，据说刘晓明在家被他爸打得鼻青脸肿、屁股开花，来了学校走路还不利索。这小子一定怀恨在心，把帐算在自己头上了，所以砸车泄愤。

马老师正想着怎么去调查取证，这时班里的眼线传来消息，昨晚刘晓明半夜才回宿舍，形迹可疑。马老师觉得和自己猜想的八九不离十，马上去找王主任，要求学校出面报警拘捕刘晓明。王主任沉吟半晌，说，按说这也是人民内部矛盾，我看还是内部解决比较妥善，能不报警就别报了，年轻人未来还长，能给个机会还是给个机会吧，这样，我先把刘晓明的爸爸叫来，咱们再具体商量怎么解决，马老师，我理解你的心情，但是我们是教育者，就委屈一下吧，不过，肯定会给你一个公正合理的结果的，请相信我。既然王主任这么说，马老师也只好再次强压住了自己的怒火。

刘晓明爸爸来了，刘晓明也被叫了过来。王主任和蔼地说，刘晓明同学，找你来是想问你一件事……话未说完，刘晓明脖子一梗，你是不是怀疑马老师的车是我砸的？王主任还没说什么，马老师忍不住了，不是你，还会是谁？反正不是我，爱谁是谁！刘晓明一脸倔强和无辜。

马老师气得脸色铁青，那你说，昨晚你几点回的宿舍。几点回宿舍是我的自由，你无权过问。有同学反映你是十二点半回的宿舍，那你干什么去了，你必须交代清楚？马老师见刘晓明态度恶劣，大声呵斥起来。刘晓明眼睛一翻，不说话了，一幅死猪不怕开水烫的样子。刘晓明的爸爸按捺不住蹿过来冲着刘晓明脸上就是几个耳刮子，兔崽子，你还学会犟嘴了，是不是你干的，给我说清楚！说着还要打，被王主任赶紧拉住，别打孩子，有话好好说。刘晓明捂着肿起来的脸，眼中涌出了泪花，爸，我是不听话，但是我从小到大没有骗过你一次啊！好，那你说，那半夜你干什么去了，谁能证明，你说清楚，爸才能信你。

我……我……刘晓明吞吞吐吐，突然，他牙根一咬，说，是我干的，我就是去砸车了，你们报警吧。老刘一听鼻子都气歪了，你他妈刚才还死不承认，这么一会儿就拉软屎啦，早干啥去了。上去又要揍刘晓明，又被王主任拉住了。这样吧老刘，先把孩子领回去好好问问，究竟怎么回事，好好教育教育。然后呢，你和马老师商量一下车的事儿，我们也就不报警了，孩子前途重要，这眼看就要高考了。刘晓明爸爸连声答应，没问题、没问题，我回去一定好好收拾这小兔崽子，马老师的车，我负责到底，该怎么办就怎么办，你们说了算。

刘晓明被爸爸领了回去，马老师的怒气也被老刘的良好态度消了一多半，但是，还是到班里含沙射影指桑骂槐地发了一通脾气。学生们知道刘晓明被学校叫走调查，再被马老师这一通乱骂，都知道了车是刘晓明砸的，好啊，你小子砸车让我们挨骂，当下就有几个调皮的学生给刘晓明发了短信：小子，看不出能耐挺大哈，政府应该派你去收复钓鱼岛，冲老师的车发飙真是大材小用啦。

刘晓明看见短信，心理郁闷极了，加上老刘又没有好脸色，家里空气阴的能拧出水来。好不容易熬到晚上，刘晓明躺在床上翻来覆去睡不着，越想越憋屈，一骨碌爬起来，听听外面没了动静，悄悄开门溜了出去，心里闷得慌，本想散散心、透透气，不想不争气的双脚将他带到了常去的网吧。刘晓明心想，既来之、则安之，不如打会游戏放松放松。

且说，老刘躺床上也是睡不着啊，儿子不争气，竟然闯了这么大的祸，虽然自己当时气头上给了他几巴掌，但是，想想这不争气的儿子从小可是没有骗过自己一次，这里边是不是还有什么事情呢，想到这儿，他也一骨碌下了床，要和儿子去好好谈谈。谁知，到儿子屋里才发现早已是人去床空，老刘是又气又慌，赶紧拿手机打给马老师，问刘晓明是不是回学校了，马老师说：没有啊，我刚查了宿舍回来。老刘着急说：那会去哪儿呢？马老师心里说：不是畏罪潜逃了吧，话出口却变成了，不会是离家出走了吧？老刘急了，那咋办？马老师说：报警吧，赶紧的。老刘就报了警。

警察很快就找到了刘晓明，说起来，多亏老刘报了警，警察才及时救了刘晓明一命。警察搜寻到网吧时，刘晓明正被一群小混混群殴，打得满脸是血，已经昏迷了。警察赶紧控制了那帮小混混，把刘晓明送到了医院。老刘和马老师赶到医院时，刘晓明刚刚醒来，看见马老师，挣扎着说，老师，砸车的找到了，就是打我的那伙人。警察一听，得，打了人还砸过车，太嚣张了，赶紧问怎么回事。

原来，刘晓明正在打游戏，网吧里进来一伙人，都喝高了，一边找机位，一边大声嚷嚷，弟兄们昨晚砸得爽吧，敢惹咱们兄弟，让他知道厉害。一个说：我在车身上那通狂草咋样，哈哈，另一个说：还是我编的那雨刷有艺术性，啊哈哈。你一言、我一语，酒气熏天。刘晓明一听，这不就是在说马老师的车吗，再一听，有一人说话耳熟，忍不住探头一看，呀，原来其中一个是不久前因为早恋被马老师开除的男生。他这一探头，也被那个男生看见了，借着酒劲就冲过来，刘晓明，你他妈在这儿干什么，是不是姓马的安排你在这里卧底啊，我们兄弟的话你都听到了，要去邀功请赏了吧，老子不给你机会，弟兄们，一起上，废了他。一伙人上来一顿乱揍，刘晓明就什么也不知道了，醒来就到了医院。

马老师知道了真相，心中歉疚但又有点疑惑，就问：晓明，那老师问你那半夜的事情，你为什么不说呢？

刘晓明看看老师、看看老爸、看看警察，长出一口气，唉，老师，实话说了吧，那半夜我和邻班的林岚在一起，她爸妈刚刚离婚，她心情很差，不想高考了，我们是好朋友，她就找我倾诉。她不像我，考不考无所谓，她学习那么好，要不考太可惜了，我就苦苦劝了她半夜，她也是半夜才回宿舍的，但是我不敢跟你说，因为你在班里宣布过"三条高压线"不能碰，就是"打架、上网、谈恋爱"。我刚碰了一条就被电个半死，实在不敢碰了，再说，我们男女生半夜在一起还不得被认定为早恋啊，砸你车的那个男生就是因为早恋被你开除后，自暴自弃混到今天这个样子的，我真怕也会和他一样。

马老师听了，脸涨得通红，一句话也说不出来。

天上掉下个林叶樟

▶ 文 / 李兴海

> **如果没有情感的沟通，智慧的交流是无法达成的。**
>
> ——皮亚杰

一

我从不曾想过，一向宠我护我的班主任竟然会将林叶樟调成我的同桌。当日，被广大男生颂称为"女中宋江"的我，竟然不顾任何同窗情面，硬是用刺目的粉笔在课桌上划下了一条长长的"三八线"。林叶樟獐头鼠目地看着我，笑道："即便心虚，怕本大人抢了你的江山也不用这样吧？"

我还未主动找班主任说事，班主任倒找上我来了："你作为一班之长，怎么就没有一点风度和气量呢？"我理直气壮地回他："我的风度和气度都只能用来对待有价值的人！"班主任差点没气晕过去，"啪"地一声立身而起，长篇大论地跟我讲述做人的道理，与人相处的学问。他那些老生常谈

的理论，我听了不下一百二十遍，背都能背出来了。于是，索性拿出我的看家本领——"两耳不闻口中事，来了只当耳旁风"。

说实话，不是我不懂得班主任的良苦用心。他将林叶樟调到我的旁边，无非是想让我感染他，让这种骨子里都流着厌学情绪之血的人爱上学习。我很想去帮助他，但话得说回来，这样的人，可能改变吗？学校、社会、父母都不曾改变他，我怎么可能改变他？俗话说"近朱者赤，近墨者黑"，尽管我特有奉献精神，可还是怕自己一不小心就会由红变黑呢！

林叶樟是我们班的班霸，无人敢惹。听几个与他走得近乎的同学说，他念不念书都无所谓，反正家里创下的资产也够他这辈子花了。这本该令旁人心生惊羡的话，反让我更加讨厌贼头贼脑的林叶樟，并断定，他就是一个绣花枕头纨绔子弟。

有一点原本我不太清楚，可后来明白了。林叶樟预备搬来的那个清早，很多后排的男生纷纷主动要求帮他搬书，整理位置，我顿时茫然不已，为何作为一班之长的我还不具备他这样的人气？课后，初来乍到的他呼哧呼哧地下楼买了一大包零食上来，慷慨地对我周围的同学说："随便吃，别客气！随便吃，别客气！"我怒目挤眉地看着他们，示意他们要顶住糖衣炮弹的诱惑。我以为，在我每日清正廉洁的行为作风的影响下，他们一定会忠心耿耿地跟随于我，殊不知，却全然陷落。不到片刻，便和林叶樟打成一片，聊得不亦乐乎。

林叶樟将胖乎乎的笑脸凑过来说："班长，吃点吧！"本就一肚子怒火找不到锅炒的我，顿时找到了发泄的源头："我不知道你这些丢人的伎俩是从哪儿学来的！但我告诉你，不管你老爸为你创造了多少财富，你如果一事无成，终究只能是个废物！"

二

"班长，林黛玉就是林妹妹吗？"林叶樟歪斜着脑袋，愁眉不展地等待我的回答。

"对！和你一样都是林家的小泪包，整天哭鼻子！"我刚说完，后排的同学便笑得前仰后合了。他愤愤不平地说："你要是那么清楚，那你知道林黛玉是怎么来的吗？"我摇摇头："孩子，你要是没听过《红楼梦》这本书的话，就回去问问你的初中语文老师吧。林黛玉能从哪儿来？不就是从《红楼梦》里来吗？"

"错！原来一向爱称自己是现代栋梁的班长是个村姑！村姑！"林叶樟的一句村姑立刻得到了后排男生的回应。我扯住林叶樟的胳膊，禁不住好奇地问："好！那你说从哪儿的！？"

"《天上掉下个林妹妹》！哈哈，前些天电视上还经常嚷嚷着呢！当然是天上掉下来的啦！"我当时硬是没把那口气憋住，跟着旁人哈哈大笑起来。

我不得不承认，林叶樟的开朗、活泼、大度成为了他人格的闪光点。可也不得不说，懒惰厌学终究是他的致命伤。

周末，我报了兴趣班，开始学习摄影。兴趣班里有向学员出租相机的业务，不过得定期归还，倘若超出期限的话，不但得赔偿逾期损失，今后也再不能到此租借相机。

当天，上完第一堂培训课我便毫不犹豫地压了身份证、交了租金，挎上相机直奔学校，将那些鲜为人知的景物拍了个遍。直到累得手酸，才依

依不舍地抱着相机吭哧吭哧地回到教室。

当晚，教室里炸开了锅。谣言漫天，沸沸扬扬，说我要去学艺术、考艺校，不再做那些恼人的方程式了。甚至还说，我的摄影水平已经达到了很高的境界。顿时，那个相机成了宝物，众人哄抢，拥挤观望。

我想，看看就看看吧，也没多加理会。岂料，晚自习后，竟发生了一件让我欲哭无泪的事儿！那个租来的照相机丢了！

三

没人拿过我的相机。这是最终得出的结论。我连续失眠了整整两夜，为了找回那个相机，我冥思苦想，想尽一切办法。

有人悄悄告诉我，说看到林叶樟拿过我的相机。我回想着他平日的表现细细揣测，最终断定是他所为！因为一个再有钱的家庭，也绝对不可能这么放纵孩子，每日给他那么多零花钱，任其挥霍。那么这些钱是从哪儿来的呢？只有一种结论，那便是偷！再者，他刚搬来的第一天，我便当众说出了那般侮辱人格的话语，这次，他还不借机报仇？

我不能明目张胆地和林叶樟说相机的事儿，因为这样一来，他肯定不会承认是自己拿了相机。于是，我决定用一种极其委婉的方式来告诉他，那个相机对于我的重要性。

次日放学，我将连夜写好的一封冗长的信塞进了林叶樟的衣袋。信中，极尽所能地阐述了自己的窘迫处境，旁敲侧击地恳求他把照相机归还。送完信件之后的那天中午，我一粒米未进，因为明天就是归还的最后期限。我知道，林叶樟是最后的希望。他哪怕只是轻微地说上"没拿"两个字，都足以将我置于死地。

我和林叶樟僵持了整整一个下午。晚自习上，班主任问："林叶樟怎么没来上课？"我沮丧地摇摇头。我似乎看到，林叶樟正兴奋不已地拿着那个相机，兑换成刺目的人民币。

当夜，我最后一个出教室，已经想好了如何回家向父母坦白，而后坦然接受一场爆吵的结局。可就在出校门的不远处，一个黑影却拦住了我。他将一个沉重的相机递给我，而后陪我走过了一段长长的马路。

我很想跟他说一些做人的道理，可直到最后分道扬镳，也未能说出口。我俩均保持沉默。当然，在我心里，除了释然之外，还有着些许怨愤。

第二天，我把相机交还到培训中心。殊不知，拆检的阿姨却叫住了我："这个相机不是我们这里的！尽管是同一个牌子，可比我们借出去的那款相机贵了很多。是不是你把以前的弄丢了？要是这样的话，你赔偿原价就行了，何必买这么贵的相机呢？"

我疾步上前，握着拆开后盖的相机问："阿姨，你怎么知道这个相机不是你们这里的？"她笑笑，对我指了指了另外一部相机上的独有标签。

体育课上，我一边跑，一边跟在林叶樟后面问："你哪儿来那么多钱？"他笑笑说："你放心，不是偷的！因为我爸妈常年都在外地工作，我和奶奶住在一起，所以他们都是把一个学年的零花钱一次性给我的。你也别着急，我知道你家境困难，等以后工作了再还我，你那么好的学习成绩，一定能考上一所好大学！我才不怕你赖帐！"

呼呼的风中，我忽然有种想哭的冲动。后面的男生跟上来打趣："班长，你为什么给林叶樟写信啊？我们都看到了！"我说："他是我哥啊！不行吗？"

一周后，我把积攒起来的零花钱递给林叶樟："先拿着，剩下的我会慢慢还。"他扭头转身，漫不经心地问："嘿，你见过有哥哥收妹妹钱的么？"

霎时，我的眼泪簌簌地掉了下来。林叶樟啊林叶樟，你是天下掉下来帮我的天使么？

七月里的冷战

▶ 文 / 李兴海

朋友需要你的帮助，千万不要等到明天。

——佚名

一

林子青穿过那条绿林小道的时候，我正在路口转弯的位置修理自行车。

在清晨七点十分的睡眼惺忪中全速前进的时候，非但没助我赶上早自习，还让我在路口重重地摔了一跤。我的身体像风筝一般完成了飞翔到抛物线的完美使命，我的自行车躺在不远处呼啦啦地做着自转实验，我的链条像两条小蛇一般独立地断裂在冰凉的路途上。暗骂一声后，自觉庆幸，还好旁边没人，要不，脸都丢给外星人拣去了。

正当我快要把链条接好的时候，一辆自行车忽然从转弯处冲了出来。

顿时，我再次如风筝一般行使了一次绝对完美的使命。我躺在地上，昏沉沉地翻滚了片刻之后，一只手忽然拉住了我的胳膊。

"真重！一看就知道平时缺乏锻炼，满身横肉。"我闻此声，顿时从梦中醒来，恍然发现，面前竟站立着一个比我还要魁梧的女生。

"你想干什么？"我张大了嘴巴，作出一副极度夸张的表情。她显然被我的出其不意所吓到，一边眨着眼睛，一边拍着胸口大喊："你有病啊？醒来也不说一声，想吓死人是吧？我能干什么？我这不正打算把你送到附近的兽医站进行身体检查吗？"

一听这话，我气不打一处来。咬牙忍住浑身伤痛站了起来，指了指她的鼻子说："小姑娘，以后骑车小心点！不过，你与我相撞的话，即便你头破血流了，我可能仍旧是毫发无损。今天，就这样吧，你要是有什么内脏受了什么伤的话，找我就行了，高二文（3）班，李兴海。不过，我得事先声明，一小时300块。再见！"

我自觉，那是我中学生涯里最潇洒的一个清早。我将一个自认为是天下无敌的丑女，贬到了一文不值。尽管浑身伤痛，还会暗自窃喜。

二

"李兴海，死出来，有人找你！"同桌站在教室门口，像杀猪一般地冲我嚎叫。我抬起趴在课桌上的脑袋，懒洋洋地问："谁啊？男的女的？""女的！千真万确！"

我顿时精神百倍，用那双已被我枕到麻木的小手捋饬捋饬了飘逸的头发，急冲冲地赶了出去。心想："到底是哪位美女前来拜会？"

一出去，顿时喷血。昨天那位将我撞倒在地的胖女生，一脸怒气地站

在门口，我都还没立住身形，她的狮子吼便迎了上来："李兴海同学！你自己看看我的胳膊、我的手掌，都被你撞成这样了，你说怎么办？"

"伊丽莎白大小姐，要按你这么说的话，德国攻打柏林的时候，全世界是不是都得强烈地批评柏林的城墙太硬，抵住了德国的不少炮弹？"我背靠着墙壁，故作不屑一顾的表情。

"你有没有一点公德心？你不知道那是路口？你自己在那儿挡住别人的路，还怪别人的技术不行？你见过有哪个国家的飞机跑道的中央无缘无故地放着几辆汽车吗？"她企图用庞大的身形和尖锐的声音给我造成不可卸去的压力。

看着她泪光闪闪的可怜样，我最终大发慈悲，忍痛给她买了一瓶云南白药。正当她微笑着要跟我说谢谢的时候，我忽然说出了我的心声："三十二块八，记得还我。"

结果，那瓶占用了我一个星期零花钱的云南白药，无情地砸到了我的小脸上。我捂着脸，终于不顾形象地说了一句："自古以来，胖子的体重和心眼都是成反比的！"

三

七月，班主任给我安排了一项尤为重要的任务。他坐在办公室的长椅上语重心长地说跟我说："小海同学啊，咱们学校的此次荣誉就全靠你啦！"

为了提高学生的文学创作水平和对英语的兴趣，省里特意搞了一个"英汉双语文学大赛"。每校选取两个搭档，一人执笔中文，一人直译英文，共同参赛。

当年级主任将我的英文搭档带到办公室里时，我几乎目瞪口呆。真没想到，她竟会是我们学校传闻的"英文女王"林子青。据说，此人看大片从来不看中文字幕版，自诩那是有辱人格。我情不自禁地咽了几下口水，自觉末日将临。

不用说，我和林子青的第一次合作，还未开始便不欢而散。班主任又将我叫到了办公室，不停地跟我说经话道，要我认清当前形势。最终，我舍身成仁的大义让他感动不已，我说："牺牲小我，完成大我吧！"

其实，我心里早有打算。这次比赛，不仅仅是双语文学大赛，更是单件作品大赛。也就是说，不管是中文原创还是英文直译都能在最后单独参赛，进行角逐。既然这样，我为何不准备两份作品呢？

我将同一个题目、同一种体裁的散文写了两个。表面看起来并无差别，实质却有着极大的差异。我将那篇字词晦涩、生僻、难懂的散文给了林子青，自己独留那份几经修改的底稿。一想到我独站讲台，而林子青落选的景状，我的心里就充满了胜利的愉悦。

如此一来，同学们一定会对她本人的英文水平大加猜忌。谁叫她那么嚣张！

四

"李兴海，这字词是不是得改一改？我感觉不太合适。""林子青同学，现在是我来执笔中文还是你来执笔中文？你得弄清楚，你译就译，不译就拉倒！你凭什么指挥我的中文？"

直到提交作品参赛，林子青都再没也找过我。我与林子青在这年的流火七月里开始了最为无聊的冷战。

结果真如我所想。林子青因作品字词晦涩难懂，翻译不到位，复赛

都没过，便被刷了下来。我站在高高的领奖台上，洋洋自得地说着获奖感言。

我万万没有想到，回校的第一件事不是接受祝贺、不是接受表彰，而是被主任狠狠地批了一顿。他将我参赛的作品和林子青直译的作品粘贴在了一起，叫我仔细看，有什么不同。我恍然意识到了自己的错误，以及因此次错误而给学校带来的名誉损失。

耷拉着脑袋思绪空空地坐了一个上午，我最终决定，再不走那条绿林小道，要是不小心与林子青碰到，我真不知道该怎么办。课后，我一路沉默着低头前行，刚打开自行车，便撞到了林子青。

她上前嘻嘻地对我说："小海同学，不错，你那文章我看了，写得真好，还望日后不吝赐教！"说完，她当众学着古人拱手行礼的模样，深深地向我鞠躬表示祝贺。我自觉我的泪水快要忍不住了，赶紧推着自行车奔到前面，努力地睁大眼睛……

我决心用尽一切气力来维护这段在冷战中得来的友谊。林子青，希望你能让我对自己心灵深处的愧疚进行一次最为彻底的救赎。

每个十七岁都有道坎儿

▶ 文 / 告白

> 不论是多情的诗顺，漂亮的文章，还是闲暇的欢乐，什么都不能代替无比亲密的友情。
>
> ——普希金

一

李瑾瑜是全年级出了名的问题少年。我与他虽在同一个院子里长大，却有着泾渭分明的性格。我天性温婉而又善感，喜欢读书，从小便是李瑾瑜父母用来给他作为榜样的对象。而他，不但懒散成性，还浮躁异常。奇怪的是，我与李瑾瑜整天待在一块，他不但丝毫不曾受到感染，还变本加厉地越发叛逆了。

我说："瑾瑜，你为什么就不能好好读书呢？"这是每次统考过后，我对着成绩单和李瑾瑜必说的一句话。他一脸不屑地看着，半晌之后才懒洋

洋地道："读书有什么用？古代的文人不都是穷死的吗？有钱不就行了？"

每每说到这里，我们的世界大战便要开始了。我上前搭住李瑾瑜的肩膀问："哥们儿，你身上有几个钱，我还真想看看。"我一边说，一边用手在李瑾瑜的上身口袋里乱掏。李瑾瑜一边笑，一边忿忿地说："你小子学习好怎么了？你别瞧不起人。等着看吧，几年以后，你在大学里还是个穷酸小子，我可能就已经是大老板了。到时候寒暑长假，我亲自开车去接你回家啊。"

我一直不相信李瑾瑜会成为老板，因此，我压根就不会违心奉承他。这也是我和李瑾瑜争吵的原因之一。他说，我不相信他的能力。

统考前，李瑾瑜又消失了几天。老师黑着脸问："李瑾瑜，你这几天上哪儿去了？把你父母赶紧叫来！你这学生我算是教不了了！"我赶紧站起身来，一脸惶惑地向老师解释："老师，老师，前几天李瑾瑜生病了，让我代为请假。因为考试前学习比较紧张的缘故，我一时给忘了！"

这是我第 34 次撒谎。其实老师知道我说的是假话，因为我曾告诉过他。只不过，他需要那么一个借口来放李瑾瑜一马。既然他朽木不可雕，又何必再浪费气力？我真不想看到李瑾瑜的父母灰头土脸，风尘仆仆地来学校为李瑾瑜求情，手里还提着两袋减价水果。或许旁人不知道，但我十分清楚，作为小贩出身的他们，要顶着多久的烈阳，才能换回那一提甘甜的水果。

二

李瑾瑜抽烟和早恋的问题异常严重，据说，要交由教务处惩办。我顾不得最后一节课的十几分钟，佯装上厕所，悄悄进了停车场，骑上自行车，呼啦呼啦地奔到网吧门口，站在昏暗的楼道里大叫李瑾瑜的名字。

直到我嗓子叫得微微发干、嘶哑无力，李瑾瑜才嘿嘿地从网吧的幕帘里跑出来，一脸油光地问我："你小子打仗啊？叫那么大声干什么？都还没下课，你怎么跑来了？"

我拉着李瑾瑜的胳膊，上气不接下气地说："你惨了！班主任要把你交给教务处惩办。要真是那样，八成你是读不了书了！"

李瑾瑜楞了一会儿，旋即哈哈大笑："怕什么怕？要真是那样，大哥我就去深圳上海闯一闯，说不定，不用几年就成亿万富翁啦！"我板着脸，狠狠地打了李瑾瑜一拳，咬牙切齿地说："李瑾瑜，你个王八！你真没良心！你好好想想，咱们大院里，有谁比你父母苦？他们整天这么早出晚归是为了谁？你要是真读不了书了，他们怎么办？！"

我以为，李瑾瑜会抱着我大哭一场，而后，信誓旦旦跟我回学校找老师认错。殊不料，他竟然以更重的方式回我一拳："关你什么事儿！我父母又不是你父母！我自己爱走什么路，我自己会选择，不用你瞎操心！"

我将自行车调过头，对着暗沉沉的网吧说："李瑾瑜，咱们今天就在这儿绝交吧。我觉得咱们不适合做朋友。"

李瑾瑜没有做出任何回答。甚至，没有上前拦留住我缓缓前行的车轮。就这样，我和李瑾瑜十七年的友谊，终于惨淡地分道扬镳了。

三

李瑾瑜父母的咒骂和撕心裂肺的啼哭，砸碎了大院里的静夜。我站在大院的树下，看到楼上一片吵闹与杂乱。许久之后，李瑾瑜一边号啕着，一边光着膀子冲出了人群。他的父亲在后面瞪眼呵斥："兔崽子！你给我

滚回来！"

第二天中午，我刚回到大院，便听闻李瑾瑜离家出走的消息。我到李瑾瑜家门前的时候，才发现那把硕大的黑锁。

李瑾瑜的家门在一直沉闷地关闭了足足三日后，终于被轰然打开。他的母亲坐在沙发上，哭得没了声音。他的父亲一脸沮丧，沉默不语。我骑着自行车，鼓足勇气，去那个昏沉沉的网吧里挨个找去，我总希望能在那堆油光满面的人群里翻出李瑾瑜，把他带回去，止住他父母的伤悲。

我几乎找遍了自己所知的网吧，李瑾瑜还是下落不明。四天后，他的父母联合学校，预备登出寻人启事。我大汗淋漓地奔到印刷厂，要求在启事上加一条黑体字："李瑾瑜，你个孬种，欠我的钱不还——李兴海。"

不到两日，衣衫褴褛蓬头垢面的李瑾瑜气势汹汹地站到了大院门口，一见到我便从高高的城墙中跳下来，劈头盖脸地问："我什么时候欠你钱了？"他刚说出这句话，大院里的阿姨们便大叫起来："快来啊！瑾瑜回来啦！"

李瑾瑜像个犯人一样被逮了回去，不过，他没有被打。当他看到自己的母亲因为苦寻不到他，心力交瘁，重病在床时，哇哇地哭了起来。李瑾瑜的父亲抱住他，哽咽地说："孩子，爸当初给你取这个名字，完全是出于'握瑾怀瑜'这个成语。可即便你不能成龙成玉，你还是爸的儿子啊……"

李瑾瑜站在讲台上郑重其事地给所有人道歉的时候，没有人不受宠若惊。午后，李瑾瑜一脸灿烂地说："你小子，要不是当初你那句话，我都不知道要用什么借口回家，外面的世界，真的不好闯！"

黄昏的路上，两个少年一同迎着猛烈的风大笑。风里，有一道人人都必须去经历的十七岁的坎儿。此时，我们已然过去。

非主流男孩

▶ 文 / 告白

> **友谊是人生最大的快乐。**
>
> ——休谟

一

初识严小虎是在学校每周一次的"宣判大会"上。严小虎和其他的坏学生不一样，独自站在高高的"宣判台"上听训导主任点数他的滔天大罪，还能带头笑得前仰后合。训导主任铁青着脸，一遍又一遍地拍着桌子："安静！安静！"

结果，严小虎因为悔改态度极为不端，学校决定将惩罚方式从批评教育改为大过处分。于是，高中部楼前多了一张大红色的"喜报"。严小虎一夜成名。

第一次听到同班女生说严小虎帅时，我正在专心致志地偷喝同桌背包

里的银鹭八宝粥。这句话不但让我喷粥，更惊醒了呼呼沉睡的同桌。原形毕露之后，同桌硬是咬定先前无故丢失的那些八宝粥与我有莫大的干系。为了息事宁人，保持我的光辉形象，我只得含泪忍痛将钱包里的所有积蓄逐一扔给了他。

从此，我和严小虎结下了不解之仇。每每在校园超市里看到银鹭八宝粥，我总会想起那个梳着非主流头型的，害得我倾家荡产的坏男孩。

同行的女生说："别骂了，人家又没招惹你。再者，弄不好你们还有可能成为同桌呢！"我狠狠地咬一口包子，鼓着腮帮发誓："你这是什么理论？我会和严小虎成为同桌？好！我发誓！皇天在上，我阮小青要是真和严小虎成为同桌的话，那我一定会让他的脸变成车祸现场！"

同桌惊恐地看着我手里那个被捏得粉身碎骨的包子，语重心长地说："孩子，冤冤相报何时了？"

其实，当时之所以敢说那样的话，是因为我和严小虎根本不在同一个班。想想，不在同一班级的两个人，要成为同桌的概率是多少？

天意弄人。谁知道几个月后的文理分班，竟真让我和严小虎成为了同桌。我看着他那蓬乱草似的头发，整日郁郁寡欢。

二

当日见证我誓言的那些同学，之后的每次碰面都会笑嘻嘻地跑上来问我："大侠，严小虎的脸成为车祸现场了吗？似乎我近视了，看得不是很清楚。"

我差点被气死。严小虎简直就是个十足的无赖。他不但从不听课，还尤其喜欢恶作剧。同桌的第一天，我便被他戏弄得哭笑不得。

当我穿着白裙走在路上时，严小虎满脸殷勤地向我跑了过来："你好，你好，你叫阮小青是吧？我叫严小虎。很高兴成为你的同桌！希望日后多多指教。"出于礼貌，我握了握严小虎主动伸出的右手。

仅仅一瞬，我便觉察到了异样。严小虎的真诚，忽然在与我握手的一瞬变成了狡诈的奸笑。我莫名其妙地看了看自己的手掌，顿时火冒三丈。严小虎在掌心里贴了一层薄薄的油纸——这层油纸上面，则浸满了刚刚涂上去的墨汁！

我用粉笔在课桌上画了无数次三八线，都阻挡不了严小虎的攻势。他总有办法以冠冕堂皇的借口来摧毁那条清晰的分水岭。

无奈之下，我只好委曲求全："小虎同志，我知道你爸爸腰缠万贯，你不用读书也可以吃上三五十年。但我不一样，我没有你那么得天独厚的条件，我必须得好好读书。希望你大人大量，放我一条活路！"

那是严小虎第一次大发雷霆："你读你的书，关我屁事！再说了，我爸爸是我爸爸，我是我，请你弄清楚！"

一个时辰后，我在众目睽睽之下搬离了座位。我和严小虎的同桌生涯，也就此宣告结束。

三

严小虎的非主流头型到底是让年级主任给剪了。他像只断了尾巴的老虎，死气沉沉地消停了一段时间。

不过一周后，他又悄悄地染了一缕头发。课间时分，他踩在后排的椅子上大声嚷嚷："头发就是一个人的旗帜，能说断就断吗？"接着，他拨开乌黑的头发，扯起那缕不易察觉的金黄头发说："同志们，看看！这就是

顽强的毅力！"

很多时候我真不明白，像严小虎这样虚度光阴的人，到底来学校干嘛？

午后体育课上的自由活动中，一位内向瘦弱的女生从单杠上摔了下来。女生们围在一旁不知所措。严小虎在一旁看到了，毫不犹豫地扔下篮球冲过来，愤恨地训斥："你们都傻啦？不知道把她送医务室？"

严小虎蹲下来时，那位受伤的女生僵持着一动不动。严小虎火了，一把将她扯在背上，一边呼哧呼哧地小跑，一边断断续续地唠叨："真不懂你们女生，都什么时候了，还在乎这些传统观念？！"

我记得严小虎当时的背影，一路歪歪斜斜、跑跑停停。这件事之后，我对十恶不赦的严小虎开始有了改观。

四

林白是班上唯一的特困生，家中很是拮据。班长召开秘密班会发起募捐活动时，严小虎第一个上台投了爱心。他此刻出现的影响力，丝毫不亚于国际慈善大使。想想，连班上最坏学习成绩最差的严小虎都捐出爱心了，你能不捐？

事后，严小虎理所当然成为了本次募捐活动的积极分子。为了感谢他的支持，班长特意在讲台上点了他的名，并为她颁发了一张小小的荣誉证书。严小虎风趣的话语，立刻打破了当晚伤感沉闷的气氛。他手捧证书，万千感慨地说："多谢 CCTV、MTV、MP3、MP4 以及各位同学将这个世界大奖颁给我……"

屋漏偏逢连夜雨。期末考试还未来临，林白母亲便倒在了医院的病床上。虽说只是一个小小的阑尾炎，但几千块钱的手术费用依然让这个贫困的家庭一筹莫展。

班上再一次举行募捐活动，严小虎依旧打了头阵。只是这些靠零花钱堆积起来的数目，仅仅只够暂时控制病情。如果不切除阑尾，兴许不用多久又会再度进入急诊。

严小虎这种临考抱佛脚的精神，真是让人感天动地。他在教室里刻苦读书的模样，几乎让所有同学大跌眼镜。他时不时手握纸笔，跑到前排问我："这题怎么解？帮帮忙！"我真被严小虎的转变所打动，每次都极为耐心地对他讲解。

皇天不负有心人。半月后的期末考试终于让严小虎摆脱了历年倒数第一的宝座。从名次上看，虽然他的进步不算太大，但总归是有效果的。

寒假的时候，严小虎送来了一笔钱。他嘿嘿地笑着说："咱们班主任可真好，专门向学校申请了一笔救助金，让林白的母亲动手术。"我把这笔钱送到林白手里时，她母亲的热泪像断线的珠子一般簌簌落了下来。

手术过后，林白母亲未等开学便匆匆赶去了学校。寒冬隆雪，班主任终于道出了实情："其实，那笔钱是严小虎给的。他后来之所以那么卖力读书，全然是为了从他爸手里拿到这笔丰厚的奖金。他怕你们难堪，不肯收下，所以主动找我帮忙撒了这个谎……"

严小虎啊严小虎，没想到你也有如此温情的一面。谢谢你让我明白，原来喜欢非主流的坏男孩也可以如此善良。

追寻失去的友谊

▶ 文／阮小青

真正的朋友应该说真话，不管那话多么尖锐……

——奥斯特洛夫斯基

一

一年前，蔡子涵和我是至交好友，一年后，不知为何，我无缘无故与他成了冤家对头。

第一次竞选班长的时候，我以诚恳的演讲和优异的成绩博得了热烈的掌声。不记名投票之后，统计结果令人大为意外。全班 68 名同学，我得了 67 票。后来统计结果的学习委员悄悄告诉我说，那个惟一投了反对票的人，正是与我形影不离的好友，蔡子涵。

我承认因为这件事，我心里有了无法解开的疙瘩，我实在想不明白，为何最亲信的人，越是最不支持我的人？蔡子涵为何要反对我当班长？

蔡子涵从来不说，我也不曾相问。我们如同往常一般，一起上课下课，一起外出游玩。只是最近这一段时间，他总有许多理由与我分开，有好几次，我真想当面问他是否已经厌倦了我这个朋友，但话到嘴边，又被硬生生地咽了回去。

第一次月考，蔡子涵进了学校重点保护名单。凡是年级倒数 50 名以内的，都有机会和班主任亲自见面。知道蔡子涵的成绩之后，我忧心忡忡地找到了他，我说："子涵，待会儿班主任肯定会找你谈话，你态度可得好点，不然又得见家长了！"

蔡子涵站在风起的走廊上，对我所说的话充耳不闻。我想，他一定是为此苦闷坏了。于是，我很知趣地退回了教室。

班主任并没有叫蔡子涵进办公室私聊，而是当着全班同学的面，劈头盖脸把他骂了个狗血喷头，说他是班里条件最好的，整天和学习成绩名利前茅的我在一起，却不懂得好好利用资源，简直就是自甘堕落。

二

蔡子涵与我彻底疏远了。他被班主任调到了后排，我俩从此天远地隔。

有好几次，我公然不顾班长的身份，在课堂上给他写纸条，邀他放学一起回家。起初，他会传来一堆理由搪塞我，后来，干脆不回纸条，保持沉默。

坐在教室的黄金地带里，我时常有一种阴冷的孤独。每每回头凝视蔡子涵，总是被他那闪躲的神色逼得无路可退。我想，我和蔡子涵的友谊已经走入了深渊。

生物课上，蔡子涵公然带领后排男生集体逃课，生物老师大发雷霆，把我这名班长狠狠训了一通，最后，还给我挂上了一个莫须有的渎职罪名。

我恼怒极了，按照生物老师的意思，尽数把名单报了上去。

我没想到事情的结果会如此严重。生物老师根本不通过班主任，直接把那份名单交到了政教处办公室。

次日，政教处以教唆其他同学逃课，严重打破教学进度为由，记了蔡子涵一个大过，并在教学楼的下面，公开通报批评。

这次，我得罪的不光是蔡子涵，更得罪了后三排的差生。我心里内疚极了。我多想告诉蔡子涵，如果我早知事情会发展成这样的话，我宁可丢掉班长和三好学生的头衔，也不会在白纸上写下他的名字。

可事情已经发生，我无力更改结局，更无法回到昨天的时光。

三

我给蔡子涵写了一封长长的道歉信。信上，工工整整地落下了我的名字。

蔡子涵接到信的一瞬间，我心里瞬间涌起了愧疚的波涛。我以为他会打开信件，细细地阅读我的情感。岂料，他才看到是我的笔迹，便随手将信仍在了垃圾桶里。他阴沉的脸和不屑的神色，像一柄锋利的剑，把我的胸膛刺得生疼。

我想，我和蔡子涵的友谊，就要这么残忍而终了。有几次，在放学时的楼道里看见他，明明心里急着赶上前去，想与他好好说几句话，可腿脚却如同生了根一般无法动摇。我悲哀地看着蔡子涵的背影，看他一层一层地下着台阶，最终拐弯，消失在我的视线。

也许，这便是我与他现在的距离，明明在同一间教室里读书写字，可彼此却如同隔了几世一般，形似陌路。

蔡子涵的爸爸不知从何处得来消息，竟亲自到学校找到了班主任，问是否能把大过的处分撤下来。我在旁说了不少好话，蔡子涵的爸爸用感激的眼神看了我许多次。

最后，班主任被我们打动了，决定向政教处请示，看能否在期末前撤销对蔡子涵的处分。

晚饭时候，蔡子涵的爸爸找到了我，身后跟着神情沮丧的蔡子涵。当他爸爸欣喜若狂地向他介绍我的功劳时，他不由分说，一个跨步上前，朝我的右脸便是重重一拳。

鲜红的血顺着嘴角缓缓而来。我趴在地上，竭斯底里地朝蔡子涵的爸爸喊："不要打他！不要打他！"

四

蔡子涵说，我不过是猫哭耗子。

他彻底从学校里消失了，他爸爸先后来过几次，都不曾见到他的踪影。三天后，学校发出了最后通令：如果蔡子涵明天晚上还未到校的话，那么他就足足逃了四十节课。按照学校规定，必须开除学籍，勒令退学。

我心急如焚。下午，我主动向班主任请了事假，外出寻找蔡子涵。

顶着炎炎烈日，我把他曾经爱去的每一个网吧、每一个游乐场、每一处公园都找遍了，还是无法得到他的消息。

午夜十一点，天上下起了瓢泼大雨。我走在那条熟悉的小路上，想起

蔡子涵和我同骑一辆自行车的日子，想起他做过的恶作剧，想起我中暑时他死命不放手硬要把我背到医院的倔强……

热泪混着大雨，使我悲伤难耐。我一路小跑，一路在微弱的光亮中大喊："蔡子涵，蔡子涵，你在哪里？你忘了你说过的话吗？我们是一辈子的好兄弟！"

凌晨两点的时候，筋疲力竭的我几乎跑遍了小镇的每个角落。终于在一个昏暗的避风的屋檐下，找到了蔡子涵心爱的自行车。我鼓足勇气，朝四周喊了许多遍，仍不见蔡子涵的身影。我想，他始终是要来骑车的。于是，守株待兔，紧盯着这辆自行车。

衣裤湿透的我，在雨夜中瑟瑟发抖。我蜷缩在墙角，左手牢牢抓住自行车的轮子，生怕蔡子涵会忽然出现，又再度消失，右手则紧抱住双腿，嘴唇发颤。

很多次，我从迷糊的从梦中惊醒，总觉得有人试图挪走自行车。我明明感觉蔡子涵就在附近，可睁开眼睛四处搜寻时，又不见他的半点踪影。冷风呼啸，细碎的雨从平坦的路上刮来，我虽冷得龇牙咧嘴，可浑身上下却是一片滚烫。

不知是高烧过度还是因为疲劳，反正我彻底失去了知觉。

醒来的时候，阳光已经遍洒窗台，一切都是那么熟悉。母亲温切地坐在床沿上，微笑着说："醒来就好，醒来就好，你知道你昨晚高烧得多厉害，幸亏蔡子涵把你背回来。那孩子真懂事，说我和你爸爸明天要上班，硬是让我们回去睡觉，不让我们通宵达旦地看着你。这不，他刚走，守了你一夜，什么东西都没吃，说在学校等你。"

我拖着虚弱的身体赶回学校。刚进教室，就见到了那个熟悉的身影，他像当年一般，兴奋地在人群中朝我挥手。我努力克制眼中的泪水，不让它们掉出来。

　　刚刚坐好拿出书本，就看到了一张粉红的卡片。那是一串多么熟悉的字体："我听到了你在大雨中的呼喊。我相信，你一直把我当成好兄弟。放心，当你看到这张卡片的时候，我已下定决心，和你考取同一所大学，继续这段未完成的友谊。而且我就不信，潇洒倜傥的蔡子涵读书读不过你这臭小子！"

　　顷刻间，我被这失而复得的友谊感动得泪眼涟涟……